·青春的荣耀·

90后先锋作家二十佳作品精选

高长梅　尹利华◎主编

青春的告别礼

张婷

著

九州出版社

JIUZHOUPRESS｜全国百佳图书出版单位

图书在版编目（CIP）数据

青春的告别礼 / 张婷著. -- 北京：九州出版社，2013.5
（2021.7 重印）

（青春的荣耀：90后先锋作家二十佳作品精选 / 高长梅，
尹利华主编）

ISBN 978-7-5108-2146-2

Ⅰ. ①青…　Ⅱ. ①张…　Ⅲ. ①散文集 – 中国 – 当代
Ⅳ. ①I267

中国版本图书馆CIP数据核字（2013）第113841号

青春的告别礼

作　　者　张　婷　著
出版发行　九州出版社
地　　址　北京市西城区阜外大街甲35 号（100037）
发行电话　（010）68992190/2/3/5/6
网　　址　www.jiuzhoupress.com
电子信箱　jiuzhou@jiuzhoupress.com
印　　刷　北京一鑫印务有限责任公司
开　　本　720 毫米×1000 毫米　16 开
印　　张　11
字　　数　137 千字
版　　次　2013 年 6 月第 1 版
印　　次　2021 年 7 月第 6 次印刷
书　　号　ISBN 978-7-5108-2146-2
定　　价　38.00 元

小荷已露尖尖角（代序）

高长梅

长江后浪推前浪，是自然规律，也是文学发展的期待。

80 后作家曾风光无限——韩寒、郭敬明、张悦然等大批 80 后作家已成为中国当代文学的生力军，他们全新的写作方式、独特的语言叙述，受到了青少年读者的追捧。

几年前，随着 90 后一代的成长，他们在文学上的探索也逐渐进入人们的视野。

2006 年，《新课程报·语文导刊》（校园作家版）创办时，我在学校调研，中学生纷纷表示，希望报社多关注 90 后作者，多培养 90 后作家。那年年底，我在南昌参加中国小说学会小小说年度排行榜评选时，与学会领导和专家聊起 90 后作者的事，副会长兼秘书长汤吉夫教授对我说：看现在的小说创作，80 后势头很猛，起点也高，正成为我国小说创作的生力军，越来越受到文学评论界的重视。你有阵地，就要多给现在的 90 后机会，文学的天下必定是属于新一代的。副会长、著名散文家、文学评论家雷达博导，副会长、著名文学评论家李星编审都高兴地表示，今后会逐渐关注这些 90 后的孩子，还表示可以为他们写评论。2007 年年底，中国小说学会在报社召开中国小小说年度排行榜评选会议，几位领导还专门询问 90 后作者的创作情况。

2009 年，著名作家、茅盾文学奖获得者、解放军总后勤部创作室主任周大新到报社指导，听到我们介绍报社非常重视 90 后作者的培养，而 90 后作者也正展现他们的文学天分，报社准备出版一套 90 后作者的作品选时，周主任静下心来仔细翻阅那套书的部分选文，一边看一边赞不绝口，并表示有什么需要他做的他一定尽力。周主任的赞赏让我们备受鼓舞，专门在报上开设了《90 先锋》栏目。这个栏目一推出，就受到 90 后作者、读者的欢迎。

2010 年，著名报告文学作家、学者，中国图书奖、五个一工程奖、鲁迅文学奖获得者王宏甲到报社指导，见到报社出版的《青春的记忆·90 后校园文学精选》及报上的《90 先锋》专栏文章，大为赞赏，并称他们将前程无量。之后不久，我们决定出版《青春的华章·90后校园作家作品精选》。这套书收入18个活跃的90后作者的个人专集，也是90后第一次盛大亮相。曹文轩、雷达等为高璨作序，著名文学评论家李少君、张立群为原筱菲作序，著名评论家胡平为王立衡作序。此外，还有一大批中国作家协会会员如刘建超、蔡楠、宗利华、唐朝晖、陈力娇、陈永林、邢庆杰、袁炳发、唐哲（亦农）、孟翔勇、倪树根、李迎兵、杨克等都热情地为90后作者作序推荐。他们在序中都高度评价了这些90后作者的创作热情、创作成绩。当然也客观地指出了一些值得注意的问题。

90后作者的成长也引起了文学界的重视，他们当中不少人都加入了省级作家协会，尤其是天津的张牧笛还于2010年加入了中国作家协会。他们以自己的灵气、勤奋，正逐渐走向中国文学的前台。

张牧笛、张悉妮、原筱菲、高璨、苏笑嫣、王立衡、李军洋、孟祥宁、厉嘉威、李唐、楼屹、张元、林卓宇、韩雨、辛晓阳、潘云贵、王黎冰、李泽凯等无疑是这一代的代表。这其中我特别欣赏原筱菲。她不仅诗歌、散文等写得棒，美术作品别有特色，摄影作品清新可人。在报刊发表文学作品、美术作品、摄影作品2700多篇（首、件）。还有苏笑嫣。不仅诗歌写得好，小说也受评论家的好评。尤为可贵的是，她完全依靠自己的能力行走文学，却不去借助自己父母的关系走丁点捷径。还有张元。一个西北小子，完全凭自己对文学的执着，硬是趟出自己未来的文学之路。还有韩雨。学科公主，加上文学特长，使得她如鱼得水。

著名文学评论家白烨曾发表文章将40岁以下的青年作家群体细分为"70年代人"、"80后"和"90后"。他评价，90后尚处于文学爱好者的习作阶段。从创作来看，青年作家普遍对重大历史事件有所忽视，对重要的社会问题明显疏离，这使他们的作品在具有生活底气的同时，缺少精神上的大气。不过，在他看来，这些年刚刚崭露头角的90后有着不输于80后的巨大潜力。（转引自《南国都市报》2012年9月18日）

但不管怎样，成长是他们的方向，成长是他们的必然结果。

这次选编这套书，就意在为90后作家的茁壮成长播撒阳光，集中展示90后作家的创作实力。我们相信，只要90后的小作家们能沉下心来，不断丰富自己的阅读以及丰富自己的社会积累，努力提升自己写作的内涵，未来的文学世界必然会有他们矫健的身影和丰硕的成果。

我们期待着，读者也期待着！

目录

第二辑　时光笔记

第三辑　心灵诗韵

第七辑 小说坊间

第一辑

我的成人礼

被岁月覆盖的诺言

　　杭州的夏日总是热得让人发慌，不得不每天窝在寝室或是自修室。

　　这么一来又像是回到了高三，重新体会了一遍那些枯燥但很幸福的日子。

　　枯燥，无非是因为生活的压抑和重复；而幸福，来自于内心对未来小小的憧憬。总是会在无聊烦躁的时候思绪徜徉，想着未来想着高考后想着那个流浪的梦。

　　孟琪整天吵着要去流浪。考大学、考研、出国，这是她的人生规划。当然首先要去流浪，她说她一想到高考后可以走遍四方内心就会充满力量，偶尔还会笑出声来。

　　她还说将来要成为白领中的业务精英，博学多识，从容优雅，说一口流利的英语，化着淡淡的妆，蹬着细细的高跟鞋，表情严肃地出席各种高级会议，认真经营着一份不咸不淡的爱情。我说你就好好做白日梦吧。

　　但其实我自己也深陷在"白日梦"中，我想去离家很远的地方上大学，周围都是崇山峻岭，最好患了失忆症，重新开始生活，让家人朋友活不见人死不见尸。

　　套用一句话：梦想很美好，现实很骨感。月考的失败把孟琪的计划打得七零八落,她围着一大堆零食不停地吃大口地吃,可强忍着的眼泪还是滑落到嘴边,我被她吓坏了,但又不知该说些什么。

难过的时候心会很空很空,再多的零食也填不满。我说孟琪你发什么神经就你这点出息还想去流浪?

她不说话,继续吃,继续哭。

直到撑得胃痛她才捂着肚子气急败坏地说:"我再也不要过这种日子了。考完我就走,死都要死在外面,永远都不要再回来,永远都不要再踏进这个鬼地方。"

我忙点头,夺过她的零食跟她一唱一和:"考完后我要去一个陌生的城市生活,走得越远越好,没有一个认识我的人。然后隐姓埋名,边打工边旅游,生老病死都随它去。当然最好还来一次浪漫的邂逅。"

孟琪突然哈哈大笑起来:"对对对,还要一场艳遇。"

吃着吃着就笑了,哭着哭着就开心了,只因一个自欺欺人的诺言。

不晓得那时怎么会那么单纯,明明知道那是家长哄孩子似的谎言,却死死地相信。以为外面的天空都是蓝的空气都是纯净的,以为除了学校除了家乡哪儿都是天堂,以为只要没有高考什么事都可以去做,从没有想过其他复杂的事情。

以前哭过之后会有很长一段时间的太平日子,但越是接近高考心越躁动,对流浪的渴望也越强烈。孟琪总是把"我一定会离开"几个字挂在嘴边,看中国地图时她甚至标出了自己打算行走的路线:云南—西藏。我说我的是四川—西藏。

她赶忙握着我的手:"不愧是知己,那我们就到西藏会合了。"

"嗯。就这样定了。"之后便低头做题。

"那我们都不要回来了行不行?"孟琪又抬头补充了一句。

我能感受到她内心对高考的慌张和害怕,如果连这么点憧憬都没有她会窒息的。得到肯定的回答后她满意地笑了。

第一辑 我的成人礼

流浪,远行,几个小小的字眼一直支撑着我们走到高考。

高考第一天下午,数学。出来后感觉整个人都废了,有一种号啕大哭的冲动。孟琪看到我,她说亲爱的别怕,明天下午咱们就走。

但第二天我们没走,第三天没走,一直到查分数那天都没走。

分数快出来前几天,心里那么的忐忑,电视看不进去,玩电脑也心不在焉,连周围的空气都觉得稀薄。每天早上醒来都不知干什么,能做的就是对着天花板发呆。只要想到分数总是会被恐惧折磨着。想赶紧知道成绩却又害怕失望,饮鸩止渴又惧怕死亡,很矛盾,怕考不好怕去复读。突然又想起去流浪,一定要去,分数出来立刻动身,管他去。这种念头很强烈很确定,万事俱备只欠东风。

分数出来了,但我还是没有去流浪。

大概从那时起,流浪这个词对我来说已经很陌生了。因为再也不需要它了,高考结束了,游戏结束了,谎言也已经揭穿了。

填志愿时,看到云南大学,心猛地紧了一下,随后便翻了过去。曾经和孟琪在教室的阳台上鼓吹自己一定要去云南大学,天崩地裂都要去,谁都阻止不了我,以后就在那扎根了,再也不回到这座破城了。当真到了抉择的时候却失去了所有的勇气和力量。

孟琪曾说她四个志愿就填中国东西南北边界的四个大学,远离亲人,自食其力,寒暑假在学校打工,四年之后再风风光光地回家看看。她说她要独立要成长,表情认真得近乎虔诚。

可结果她的志愿全是家乡周围的学校。她说她没那个狠心,背井离乡,遭遇坎坷,谁会相助?万一遭遇不测父母怎么办?其实最重要的还是没有那个勇气。

我们都笑自己当初怎么会那么想,怎么会那么傻。

背着包包,一直走,一直走,不回头。多么美好的事情。

但至今,我们都没有兑现那个诺言,没有离家出走,没有远行,没有到离家很远的地方上大学,甚至还没去大学就开始眷恋自己的小城,似乎高考结束了这些也该到头了。

当时郑重得不得了的诺言转眼间到了它该实现的日子,却发现自己当时的想法怎么会那么幼稚。也许它只属于那段日子,只符合那时的心情,过后,至于实现与不实现都没那么重要了。重要的是它曾经承载着我们所有的希望和梦想,重要的是它让我们从那些黑暗的日子里走了出来。

那么,已经足够了。

同样的,我们也已可以踏踏实实地给自己一个交代:那些被岁月覆盖着的无法兑现的诺言,是短暂的安慰也是久远的梦,终难忘。不实现,又何妨?

青春总是突兀的

> 如果青春是一场永无止境的蒙蒙细雨,那么,我宁愿来一场倾盆大雨结束它。

——题记

高考前一个星期,班里的同学寥寥无几,我和好朋友坐在靠窗的位置演算着数学题。班主任疑惑地问:"这个时候你们还做数学?"但是我觉得刚抓住数学的灵魂,还有很多很多需要弥补的东西,只是朝他自信地一笑。

那时我的数学正在突飞向前,刚尝到甜头,磨刀霍霍,雄心壮志,准备大干一场,或许能让它无限趋近一百五十分。好似刚入道,激情与梦想让我睡不着,带着满腔热血舍不得放下数学,内心生猛得真想踹高考几脚。没有恐惧和担忧,心里甚至是一种莫名的兴奋和喜悦。

高考倒数第二天,我和好朋友依旧雷打不动在老位置继续做数学。班主任皱着眉头在我们身边徘徊着,欲言又止。我已经无暇再朝他自信地一笑,全身心耗在数学上。但是他突然站到我们面前宣布:数学收起来吧,没时间了。

荒谬,如同太阳高照的大晴天突然劈头盖脸来一场冰雹。

突兀,只有不合时宜的突兀。这就要结束了吗?像极了小时候甜蜜地吃着一块糖,一张嘴忽地掉在地上。我突然觉得很难过,很怅然,莫名其妙的烦躁和不屈,真的就这么结束了。我的热血没有地方抛洒,我的青春无处安放。这是高考前,最莫名的伤感。

你明白吗?那种感觉,就好像一个临阵脱逃的士兵忽然醒悟,觉得要冲锋陷阵报效祖国战死沙场。他要打磨世上最锋利的武器、最坚实的盔甲,做好充分的准备,再留下一封道别信,潇洒地向战场冲去。但是他的激情刚点燃,刚有置生死于度外的勇气,刚拿起钝刀去打磨,忽然有个人一把抓住他,还没等他辩解就把他扔进战场。一切都来得这么突兀。他是不是该痛哭一场?好像一切都还没准备好,就被杀个措手不及。他的心是不是突然没有了着落?满腔的踌躇壮志没有地方安放?

班主任走后,我看着还有一半的《数学最后一模》,全身被无力感侵袭,好朋友把手搭在我肩膀上,自言自语地说了一句:"真的结束了。"诗人周涛形容两棵在夏天喧哗着聊了很久的树:彼此看见对方的黄叶飘落于秋风,它们沉静了片刻,互相道别说:"明年夏天见。"但我和好朋友的这个夏天呢? 是彻底的结束,再也不会有这样的夏天,再也不会有。

看小津的电影《早安》,剧情就是重复着早安、晚安的问候。鸡毛蒜皮、家长里短、茶余饭后,乏味无趣。很纳闷,这简直什么也没讲,为什么要这么无聊? 然后一个男子在火车上遇到一个女子,他走到她身边,说:早安! 说完,抬头看天,再说:天气好啊! 心中生出一丝丝的温暖,以为剧情一转,精彩马上开始。但是字幕突然出现,不会就这样结束了吧?

一切都莫名依然,草草收场。前面大段时间的不痛不痒、轻描淡写,刚进入剧情就戛然而止。突兀,我甚至清楚地看到了漫画版无厘头的自己——表情扭曲,眼神呆滞,滴汗无语。

结局来得总是如此突兀,什么意思也没有。结尾的温暖明明可以再延长,会有更好的故事。看似无聊的过程算什么? 忽然不想再多说一句话,声音卡在声带末端。

很多电影都如此,总感觉到了结局还没开始。它与生活太过相似,生活是一场渐变,却也充满着突兀。明明还可以多做几道题争取几分的,还可以多做些准备再抛洒热血的,还可以延续温暖多些情节的……

但是高考、战争、结局都猝不及防地来了。

数学成绩出来,不悲不喜。只是有些遗憾:如果再延长几天多好。高考结束了,但留下的突兀感始终抹不掉,以至于觉得生活中的其他事都是那么的突兀。就像这个暑假,我向妈妈抱怨:"哎呀,假期真快,刚想好好看书呢,怎么就结束了? "

妈妈不以为然地丢给我一句:"再给你一个月,到最后你还是这样说。"我苦苦寻找的真理,竟然被她在无意间一语道破。

就算假期再延长一个月甚至一年,还是会这样抱怨;就算高考前再给我一个月,还是会觉得遗憾;就算电影再延续下去再播放一小时,还是会在无聊的"早安"、"午安"中重复着这些敬语、礼数。我不知道这又意味着什么。

如果我觉得所有题目都做完了，所有的事情都备齐了，高考来袭，热血却已在等待中耗尽，那样才可怕。无止境地延续，没有突兀，没有起伏，这才是一种悲哀。

悲哀得如同这首小诗：

你身上，不经意间可以看到明天

后天、十年后，从脱下撒开的西装上、从吃剩的面包上

你的小屋还没有建成

小小的梦想，还是小小的梦想

在你心中，就那样，笨拙地挂在那里

慢慢褪色，半边消磨

这就是没有突兀，也永远没有变化，那是在走向终结。觉得突兀，因为在进取。人都是逼出来的，越是走投无路，越是清醒自己要干什么。破釜沉舟，背水一战，要的就是这种突兀，在猝不及防之际杀他个片甲不留。

突兀带来的是什么？是满腔热血走进考场，是满怀激情冲向战场，是结局残留的温暖。

橘子不是唯一的水果

很多人都认为自己的做法是天下的真理，不可违抗。我母亲就是这样，我也不例外。我们都把各自的城堡打造得坚不可摧，冰冷地对抗着。

1. 她的偏执

我的母亲让我向西，我绝不敢向东。当然，一切的服从只局限在表面上。

从小，反叛的因子就在我心里扎根了。它吸收着外界的营养一点点地长大。初中接触到大量的小说后，我彻底被"反叛"侵蚀。她让我向西，我还是会听话，只不过我看着东方倒着往西走。

成绩以及其他要求，我很少让她失望。唯独看小说这个事，我始终固执已见。我迷恋小说，已经到了不可救药的程度。

她近乎偏执地认为，小孩子的书包里，除了课本，其他都是闲书、禁书、带毒的书，不能翻，不能买，更不能看，固执得不行。无论怎么跟她解释，都行不通。我说课外书也可以帮助写作文，可她，宁愿花成倍的钱给我买厚厚的作文选,一本接一本。我却一点都不感冒。

我买的杂志和名著,都被她处理掉了,厚的送人,薄的烧掉。我母亲建造了一座牢不可破的城堡,城堡里只有课本,她希望我一直在里面锻造。但不断长大的我需要冲破牢笼和束缚。我需要课外书,如饥似渴,我需要通过它看看这个世界。

高中,我几乎戒掉了所有的爱好,唯一戒不掉的就是课外书。它是我的救赎,是我和外界联系的唯一纽带。

我跟她说我要去房间看书时,她会偷偷地从门缝里瞄两眼,故意地问一句:"婷婷在干什么呢?"

"看书呢。"沉迷于小说的我根本无暇顾及她的语气里藏着什么。

我出来后她会问我看的什么书,脸色很难看。我知道又被发现了。接着又是她的一堆偏见:"就喜欢看些没营养的书。""看那些书耽误学习。""你们天天打着学习的幌子骗我。"……

她固守着大众认同的价值观,不光是课外书,其他任何与学习无关的东西都必须排除!在她眼里,课本就是唯一的书!看闲书就是吸毒!一切都是墨守成规、循规蹈矩。

正常的阅读需求成为洪水猛兽,向往的休闲阅读时光被冰冷的课本占据。因为课外书的事,我和弟弟不知道跟她冷战过多少次。我很尊重她,不敢当面和她吵起来,只是偶尔发发脾气。

"在我们看来,她是错的;但在她看来,还是她对;真的,问题就在这里。"在珍妮特的母亲眼里,上帝是唯一,其他都是魔鬼。我母亲,和她相似得可怕。

那些守旧的思想,决定了她对一些事物的趋近,对另一些事物的排斥。我不知道有多少家长是这样。我反抗不了,但我还是不停地反抗。我觉得她封闭、偏激,她觉得我任性、固执。

那些历史遗留下来的精华篇章,是我心中的宝。到了她那里就成了毒品。我无法理解她的想法，悲伤和愤怒都无济于事。

2. 我的坚持

看个课外书都被视为不寻常理、离经叛道。那么，这个世界会有多少罪人？

如果这样有罪，我愿意罪不可赦。任性、执拗，一直是我的标签。我想做的事，谁也挡不住，固执地坚持自己的方向。我不但不躲在她的城堡里，还另建一座城堡，它有一扇紧掩着的房门，阻挡她的脚步和偏执，就算是阳光也照不进来。我躲在里面偷偷地看闲书。

我不再大量地买闲书，因为带不回去。我把名著之类的放在班里或寄存在同学家又或者攒多了再到废品店卖掉——即便很廉价。时不时地趁着下课、放学的空当到书店瞄两眼。读到三毛的《逃学为看书》时，我几乎快流泪了。学习紧张，我需要偶尔透出水面呼吸一下，我不能不呼吸。

她给我的零花钱大部分被我换成闲书。一次次地回家，她一次次地说我面黄肌瘦，零花钱不断增多，但我依旧营养不良着。某些地方，我必须背叛她，这是我的自我拯救，否则，我的成长永远是黑色的。

我浑身带着刺，偷看了不少闲书，很深很深地伤害了她，只是那时的我，继承了她的偏执，坚持自己是对的，仍然站在原地扬扬得意。

"我宁可凝望一场新的冰河纪，也不愿目睹这些司空见惯的场面生生不息。"珍妮特这样说。我盯着自己认为对的方向，听从着内心的声音，坚持着自己的课外书。

我们之间已经有一条明确的界限。她否定我的闲书，我排斥她的守旧。

3. 彼此的认同

珍妮特的母亲走出了她的"橘园"：顽固的母亲，执着的母亲，依然专一，可专一的她也终于承认，橘子不是唯一的水果。

我想我的母亲也背叛了她的"橘园"，因为别人说我会写文章时，她总是眉开眼笑地嗔怪："这孩子，你不知道她多喜欢看一些闲书。"

而我呢？

书看得多了，分得清好坏了，我也理解了她的偏执。有些书，有些青春小说，让我的青春缀满伤痕和无病呻吟。很多忧伤，都是自己刻意模仿出来的。只不过那时，我固执地认为那就是真正的忧伤。

听多了一些激进、容不得相反观点的人抨击不同意见的声音，你渐渐觉得排斥异己的人目光那么短浅，像极了曾经的自己，以为自己的坚持就是唯一，不知道还有那么多的不一样。

成长的本质就是不停地背叛。那时我背叛了她，现在的我又背叛了自己。我以为只有她不可理喻，简直就是珍妮特母亲的翻版。我又何尝不是？

我们都在背叛，她背离了她的偏执，我也松绑了我的固执。她的"橘子"，我的"橘子"，都不是唯一。橘子不是唯一的水果，苹果也不是，还有很多。

我们钟情于一种水果，不代表以后不会喜欢上其他水果，更不代表不存在其他水果。或许以后也会喜欢上香蕉、葡萄。

青春的告别礼

末路青春荒到底

荒·青春

We shouldn't blame, laugh at and envy anyone. We should be colorful in the sunshine, run in the winds and rains, dream your own dreams and go your own way.

青春本该如此。可是有几个人的青春是这样？

每个青春的孩子都多少有点神经质，没来由地哭没来由地心慌。为什么要哭呢？因为爱情吗？生活？还是家庭？无缘无故。长时间在心里压抑着各种恐慌、痛苦、失望、伤心……纠缠在一起堵满心房，在遇到一点点的障碍时感觉天地昏暗世界末日来临。

感伤、哭泣，这是青春必不可少的元素。一首歌、一句话，在别人看来无关紧要，但其实我们自己懂得：悲伤的原因不是歌词或语言本身，而是藏在其中的人。沉浸在回忆中的人，时刻触动着神经。

感伤，与事物本身无关，只因为青春。

高中时经常遇见一个女孩子，永远是一个人，低着头，每天都看见她在路的那一边匆匆走过。有时她独自一人小步走着，身旁时不时地经过一对对情侣手牵着手，而她，就那么漠然地看着大声嬉笑的他们。无动于衷，不惊不扰，无起无落。这样的女孩子，独立，也好强。这样荒芜的青春，寂寞，也美好。一个人的世界，宁愿忍受太多的寂寞和痛苦也不愿意跟任何人提起。我知道她有恃才而骄的资本，但总是沉默不语。

下雨天，我走在她身后，在黯淡的路灯下，长长的无声的路，淅沥的雨。我看了看她，看了看雨中漫步的高中生情侣，一直迷惑着：哪一种青春才是我们所追求的？她的生活到底是快乐还是悲伤？他们中到底有多少可以一直走下去？像这样，风雨同行。

临近高考时，同班的一对情侣吵得不可开交。男孩说他不能对不起父母不能再错下去了。全班大笑，连老师也不例外：已经到这个地步了。他们曾是雨中漫步的一对，转眼成了冤家。究竟从哪里开始出错？找不到。一环接一环的青春，环环相扣，一失足成千古恨。

"不是世界大。你若想联系他直接问班里同学就可以了。"

她沉默。

"还有，他要想联系你，也只要问一下班里同学就可以。"

"别这么多借口。自欺欺人！"

不用拿他当作幌子，念念不忘的是那段岁月，不是他。

等到高考后看到她的名字出现在榜上第一名时才恍然大悟：我们失去的，总会用另一种方式弥补过来。

青春时，说了浪漫的话做了疯狂的事，一路上看遍了沿途的风景，可以无悔。但，有那么少数的人因为一个信念只闭着眼睛向前冲，错过了温暖的人和物，过后茫然若失。究竟哪一种青春才是我们要追求的？谁都回答不了。唯一希望的是不责怪谁不嘲笑谁不嫉妒谁，青春没有模板没有对错，活在阳光里，或是追求自己的梦想。

因为，圆满，是那么难得。回望青春，总有一些荒芜的东西存在。

青春的告别礼

荒·初恋

逃离高中一年之后，看到 QQ 里那个一直很关注却始终都不敢点的头像，下足了决心打个招呼。好不容易敲出去几个字："最近怎么样？"

惶恐地等了半天。"还好。你呢？"

"一般。"

"哦。"

沉默。举手无措，不知道接下来该说些什么。难道要问他："你还记得过去的岁月吗？"似乎很矫情。一切都不必要了。因为在那一端的他正下定决心忘记你。"我先下了啊。再见。"

失望顿时涌上来。"再见。"

一切又重回坦然。坦然地面对他从你的生命里消失，只是往事的回忆里，他依然在那里。那种莫名的情愫超越了友情也超越了爱情。用友情来形容似乎少了一分暧昧。用爱情来形容似乎又多了一分纠缠。

年少时，少不了这样一个人。你们或许不会干涉对方的生活，但你们会彼此承担生活中的不幸会分享生活中的快乐。你也想过走路的时候去牵他的手，你也想过哭泣的时候倚靠着他的肩膀，也想过在激动的时候给他一个拥抱……有太多的、太多的想法，但都没有那么多的勇气去做。

不知道能不能把这些归结为初恋。他莽撞地跑到我的青春里，我们一起傻笑着，内心晴空万里，多少弥补了苍白年华。但一些缺口是他不能圆满的，比如成绩。

谢谢你给我关怀，给我温暖，给我力量，谢谢你看着我微笑，看着我发呆，也看着我长大，谢谢你在青春的岁月里为我撑起一方晴空。我把这些话写给他。

他回了一句：谢谢你一直在我身边。内心生出细细的小小的幸福，但始终不肯也不愿把它与恋爱联系到一起，哪怕自己已经发觉了一些微妙的变化，还固执地以为那根本不是我所能承受的。没有恋爱经验，也不想去触及不敢去杵戳，更多的还是害怕。其实现在很庆幸没有揭穿，因为，女生的感情，太过坚决，踏上不归路便执迷不悟，所以一旦触及，万劫不复。

当同桌冷不丁地来了句："你们是不是背着我们恋爱啊？"矜持许久小心掩藏的东西一下子暴露，我立马变了脸色。"那个，我差点忘了你说过要请我吃饭的。""哎呀，其实大家都是睁只眼闭只眼啦。谁不知道。""我要吃最贵的！"不断地岔开话题还是无效。"哟，看谁进来了？"我抬头一见是他脸立马红了，无地自容，像是刚抢了银行带着钞票当场被警察抓住，明知道已经是束手就擒还极力狡辩。

坚守着伍尔夫"女孩子要有一间自己的房子"的执念，我一声不吭地离开了那个班级。偶尔在路上碰到他看过来的目光立刻慌乱地转过头，各怀心事。

我们在一起，无论生活还是学习，总是满脸忧愁。他说他会帮我赶走这些阴暗。他努力着，一直到形同陌路，都是徒劳。

但有一天，这种忧愁无缘无故地消失了。

一年之后在车上碰见他，本能地笑了笑。

他打着电话时不时地吼出来几声"去他的！"……听得我心惊肉跳，说白一点儿便是心凉。我盯着他吸烟的样子，突然就感觉自己当初是眼瞎了吗竟觉得他是世上最完美的人。不想再知道关于他的任何事，怕再把美好的记忆践踏。

发自内心地厌恶他。

好友谈起她的初恋也总是沉默。爱上她的那个男孩，口口声声地说很爱很爱。老师请来双方父母的那一刻,他把所有的责任都推到她身上。

青春,什么是对什么是错? 还有,谁对谁错?

妈妈说得好,不要随便为一个人付出一切。青春年华里,可以恋爱,但要适度。当一切都被他卷走的时候,至少你还有活下去的资本。

当初以为全世界就他最完美,他是一切,其他男生直接无视。过后,嘲笑自己是多么的幼稚。不知道该怎么办,那么,忘记现在的他,把回忆还原成芬芳。不敢忘记的是少年的深情与痴恋,或许沧桑之后,回忆却依然甜蜜。记住的,不是现在的他,而是曾经他给过的感觉。

再见,我们不离愁的少年。坦然,始终避免不了的荒芜。

青春,最后注定是一个人成长。

青春是一首朦胧诗

所有的悲欢都已成灰烬 / 任世间哪一条路我都不能 / 与你同行

——题记

高一时他经常名列前茅,那时只知道他的名字,只知道他成绩好,从来没有见过他。

凭着一点点的老底和运气我充满期待地来到了实验班,当然,他也在这个班。

　　每次同学说到他的时候,我的心都提到了嗓门眼,竖起耳朵听清每一个关于他的字;每次放学时看见他还在教室里认真学习我就拿本书作为借口,脑子里不是文字而是他什么时候走;每次上体育的时候都盯住他的身影不放却不敢为他递一杯水。

　　我的成绩急剧下降。终于有一次滑落到接受不了的地步。我再也忍受不住班里沉闷的气氛,发疯似的冲了出去。沿着街道,一直走一直走,我不知道自己这一年来都干了什么,恨,只有恨自己,恨自己那么不争气地没出息地陷入感情的世界。我对自己说:你有什么资格喜欢他,人家那么优秀。

　　高三那一年,我像变了个人似的。想出去玩的时候只要看看他还在班里学习我就会立刻埋下头来做题;想睡懒觉的时候只要想到此刻他已到班里晨读我就会立刻爬起来冲进学校;想逃课的时候只要看见他在班里安安静静地坐着我就会立刻把心收回来;想放弃的时候只要看到他的名字还在名单里的第一位我全身就立刻会充满了力量。这一切都不再是为了能见到他,而是为了自己曾经发过的誓:一定要赶上他,即使爬也要爬到和他同一水平线上。

　　他成了我前进的动力。不管有多苦有多累不管面前有多少阻碍,一想到他的优秀,我就会不顾一切地往前赶。看不见自己那低得可怜的分数,看不见同学惊讶的表情,我只知道:我要赶上他。是他点缀了我高三那年灰暗的天空,是他赋予了我满腔的热情和不断向前的勇气,是他让我明白了为了某些微不足道的理由你可以付出一切。

　　我变得越来越勇敢。以前连问老师题目时我的脸都会红得像个番茄,现在我什么都不顾了,我只在心里默念:要赶上他。

　　就这么迷迷糊糊地坐上了暗恋的列车,直到下车都没和他说过一句

青春的告别礼

话。我没有像《蓝色的大门》里张士豪直率任性地对克柔说："我是游泳队吉他社,我觉得我不错啊,你干吗不喜欢我？！"却成了《独自等待》里落寞的陈文,用笔写下"献给那些从你身边溜走的人"。

青春就是一首朦胧诗,字斟句酌,还是一头雾水。而我们所经历的暗恋,都是无法实现的情节,一直一直鼓励我们向前。

悄然收起的小情愫

关于青春里的小情愫小感觉写是写不清的,就像是面包上黏着的粒粒红豆,多点、少点,也不会那么计较。我没有明目张胆地在老师家长面前表现过这些,当然,因为这些小情愫被爸妈训过、怀疑过甚至还"拜访"过班主任。

单纯的喜欢或是暗恋,在那个时候"泛滥成灾",就像网上可以东拉西扯谈天说地现实中却无言以对一样,女孩子可以和闺蜜胡说八道却在他面前一个字不敢吭甚至看都不敢多看一眼。

琳,高一时坐在我前面,她偷偷地喜欢着隔壁班的一个男生（据说是因为他经常从我们班门口经过）。课间,天时地利都有了,她拉着我跑到班门口假装闲聊以制造偶遇。不晓得人家有没有识破我们俩的小伎俩,反正每次他随便往这边一瞥琳都会欢喜好一阵子。

那些日子她能很清楚地记着他昨天穿了什么颜色的衣服梳了什么发型脸上的表情如何,我挖苦她要是把这些记忆力用在学习上稳拿第一。我们俩还去过他班里假装找认识的同学叙话,然后趁别人不注意偷翻他的书本和笔记,她带上我,纯粹是为了壮胆。下午男生打篮球她也会傻傻地拉着我跑过去看他在哪里,但她从来没有光明正大地喊过"××,加油",从来都没有。当时他的数学老师也教我们班,她和我一样,数学很差,但每次自从她有了小秘密后上数学课超认真,我一脸鄙视她,她说你不懂这就叫心有灵犀爱屋及乌什么的,我差点晕过去:只是因为同一个老师……

前面的她不断地在稿纸上乱写乱画,不知道她想干什么,只看得见她不断地写不断地画掉。不知是因为挣扎还是什么,我说你直接和他表白得了我宁愿你拿我当挡箭牌或是中间人也不愿意看着你这个欲说还羞欲罢不能的状态。她又说你不懂。我低头继续做题。过了会儿她又不放心怕我走漏风声似的回头小声对我说:"一定别说出去啊。只有你知我知。死都不能让他知道。"我一个劲地点头,但点头的原因自己都不知道,明明刚才还想冲到那个男生的班里和他说:"××,我们家小琳子喜欢你。"

我知道很多女孩子的秘密,也瞎凑热闹帮着很多朋友追男生。但唯独她的事,我对任何人都只字不提,小心翼翼地替她把守着。那个男生经过我们教室时我还是很自觉地用笔碰碰她,不动声色。

尴尬的是有天他从教室门口经过时同桌突然神秘地问我:"桌(昵称),对他有意思?"我差点昏厥,有种哑巴吃黄连的感觉,但又不能把她的事捅出去。见我不说话她又阴笑着挤眉弄眼:"你不是有暗恋的人吗?又看上一个?"尴尬得不知所措。最终什么也没和她说,也没有解释,和琳的心事一样,云淡风轻,就这么算了。

那个男生有喜欢的女生时,我一直在琳旁边诅咒他们赶紧分手,她说:不愧是死党。但晚自习后我被冻得直发抖她还是拉着我跟踪那个男生时我也只能骂她一句重色轻友。后来要分班考试学习也紧了便很少过问她的这些事了。后来，就没有后来了，虽然和她联系着，但我不去问那个男生她也没提及过，也许只是因为都长大了。

这些小情愫代表不了什么也不表明少年步入歧途家长深表担忧什么的，只是因为我们处在最美好的年华，它也绝不会因为高考完全压抑起来。就像开头说的面包上黏着的红豆，有它无它都可以吃，但味道却相差很大。这些年华这些小情愫，显示的是我们内心最纯最真的情感，之后，在无人知晓的时刻悄然收起，一笑而过。至少，不会伤及无辜。

青春的泡沫

青春的面貌不过寥寥，混杂着友情、青涩、理想，一代继承一代，一群模仿一群。上一代人这样度过我在不知不觉中也这样重复。只是时机一到，他们便会告诉我们：你必须生活在现实世界里。

"我再也不会写文了！"

初三时，班里的才子在校报上发文，煞是羡慕。我模仿着他的语言尝试着写,把写好的文章拿给他修改,拙劣的笔触有些起色。

他在学校里出尽了风头,也成了我写文章的动力。就这么迷迷糊糊地坐上了青春的列车,我把所有莫名的青涩都潜藏在字里行间。

我和他一起在校报里发文,引来同学的羡慕,心花怒放。

渐渐地,他恋爱了。他和那个女孩分手时说他要封笔再不会帮我改文章了。

我撕掉了很多报纸,发誓再也不要写文了,否则天打雷劈。记忆中,后来一直没有在校报上写过东西。

当我又一篇篇地发文时我竟然没有一刻想起来这些话。直到有个初中同学看到我的文章时说:"初中跟你一起写文章的才子也还在继续呢。"蓦然词穷,我才恍然大悟,我们都已经将那些话忘得一干二净。

青春这首朦胧诗,字斟句酌,到头来还是一头雾水。他忘了她,我也忘了他。

那时我以为我们都会很执着,各自固守誓言,永不写文,所有的所有都在脑海里演绎得无比传奇。可当我在大学再度发文时,终于明白,不论当时下多大决心吐出这句经典的谎言到后来都会不知不觉地打破。成长是一种一沉再沉的承受,也是一种一忘再忘的解脱。

青春的告别礼

"等你成了画家,我成了明星,我们再见面。"

三年前,一个死党去参加艺考,临走时她拍着我的肩膀坚定地这样说。

那时女生的友谊无非整天腻在一起说秘密、逛街、吃东西、评论男生,看似平淡无奇,但其实每个女孩都将朋友放在了最重要的位置,只是连我们自己都不知道。

我和她,两个没头没脑的女孩,语文课上厮混在一起看小说,老师抓到时让她到教室外面站着,我则安然无恙。下课我低着头拉她进教室:"我也有错,只是老师偏心。"

她很心酸地看着我:"我从来都不是一个乖孩子,可也从来都不是一个坏孩子。或许,你也一样。"我贼笑:"我只是在成绩这个游戏规则中玩得比较好而已。"

她依旧停留在差生阶段。她问我学习有意思吗,我摇摇头。

她说不想继续挣扎下去。我呆呆地点头:"我在这个游戏规则里也玩累了。你带着我混吧。"

少了学习,却活得更累,觉得我们陷入泥淖。

有一天,我们都以为找到了各自奋不顾身的事,一度坚信那就是我们的方向。我在一次美术比赛里得到了一等奖,而她在一次文艺演出中夺冠。

她拿着我们的奖品站在教室外面欢快地对我喊:"得奖了,得奖了。"激动得语无伦次。我疑惑地看着她满身的雪,她吐了吐舌头:"跑得太快,摔了一跤。"

我躲在画室,她闭关唱歌跳舞。很快,她要去艺考,我继续画画。

几个月后她回来学习文化课,变了一些。我说我想好好读书,两年之内当不了画家。她说出去之后才知道明星之路不好走,两年之内当不了明星,但明显都多了些无奈和敷衍。

"那我们的约定期限再加一年吧。"双双赞成。

她为艺考奔波着,我为高考焦虑着,像失散的大雁。

上大学时,我去接待参加艺考的老乡。突然想起她,她有没有成为电影明星呢? 很想知道她的状况。几经周折得到她的号码,我问她的星途怎么样了。她只是笑着说约定的期限还没到。我也心虚地附和着:"我当不了画家,你当不了明星,我们死都不要见面。"

只是努力维持着的约定，一不小心转个身就破了。怎么也没想到就这么在大街上遇到了。

"大明星？"我嘲笑她。

"大画家？"她讽刺我。

三年后，我没有成为画家，她没有成为明星，我们却见了面。更滑稽的是我早就不画了，她也早就不唱歌跳舞了。当我猛然发现我们不是当年想象的模样时，我追着这些幻象一直跑一直跑，直到现实拦在我面前对我说："别追了。你永远追不到它们了，因为它们已经没了。"

等你成了画家，我成了明星，我们再见面。很美的一句话，轻轻一转身，就碎了。

"到大学就自由了。想干什么就干什么。"

站在高考的山脚下，老师这样说。

我疑惑着，但又充满期待，在绝望与希望的交织下就去爬那座山了。山的背后有什么呢？大学的时候发现什么也没有，顿时对什么都很失望。

那是我人生最低沉的时间段，总感觉像是卓别林式默片中的小丑，以喜剧的方式演绎着悲剧。戏剧化地就到了这么一天，面对很多事无动于衷，喜欢的东西不再喜欢，厌恶的东西也看得淡了，所有的一切都激不起一点兴趣。仿佛黑暗中救命的光亮突然灭掉。这时光，究竟带来了什么？

我的青春活在谎言中，很长一段时间我都走不出这种悲伤，觉得世界上再也没有可以相信的东西了。什么"我再也不会写文了"，什么"等你成了画家，我成了明星，我们再见面"，什么"到大学就自由了。想干什么就干什么"，一切都是虚无。连自己都会背叛自己说过的话，极其悲哀。

高中老师在 QQ 上问我怎么没了以前的活力。我把压在心底的难过和盘说了。

他竟然很欣喜地说，你长大了，你不是彼得·潘。如果它们不是泡沫，你永远也长不大。如果你永远活在自己编织的童话世界中，会脆弱不堪。你要面对的世界不是童话，是现实。

我似懂非懂。

总是忍不住回头看，仿佛看到那些飘在空中的幻象。它们是什么呢？还没等我看清就成了幻影。幻灭的那一刻，我以为所有的悲欢都成灰烬，我以为什么都没有留下，而其实总有什么留下了，只不过，它们消失在岁月中，隐藏在成长中。

第二辑

时光笔记

青春未断翅，年华未消逝

1. 时间对你说了谎

　　昨天我偷翻了你的日记本，惊讶于你写的那句话："我恨我活在十八岁。我想摆脱这一切。十八岁，是我最痛苦的年龄。我想过二十一岁的生活，我要自由，我要解脱，我要冲出高考的枷锁。"

　　你着实吓我一跳，你竟然羡慕二十一岁的人？我感觉我的二十一岁就是地狱。

　　也许是惊动了你，你的声音突然传来："你可以化妆，买漂亮衣服，交男朋友，你拥有好多自由……"

　　我一脸无语："这有什么好羡慕的？二十一岁哪有你想得那么好？痴人说梦啊。你不知道我每天要承受多大的压力，面临考研，陷入情感的泥淖，恐惧着社会的黑暗，背着书包却如没头的苍蝇在这个校园漂泊。"

　　我毫不忌讳地把"真相"告诉你，不料你哭着对我喊："你不是我想象中的样子。我以为过了十八岁一切都会好。我以为这一切过去后就会快乐就会解脱。我不相信，你凭什么说二十一岁不是最好的年龄？"

我很无奈,争吵无济于事,因为我打心里羡慕你活在十八岁。十八岁的你信奉这句话:成为更好的人。它让你全身散发着凛冽的气息。为了成为更好的人,你勇敢无畏,可以上穷碧落下黄泉。

你还不死心,倔强地问我:"那你还相信童话吗?还相信永远吗?"我只能疲倦地摇摇头。

"你怎么能变成这个样子?"你骂我没出息,你骂我变得世俗,你说讨厌这样的我。

有些事跟你说你也不懂。你太纯真、太真性情了。我气愤地丢给你一句"做你的美梦去吧"准备继续扎进当下的洪流中。

你从背后叫住了我:"二十一岁,你去找他了吗?"

"对不起,十八岁。"

"为什么?不是说好三年后就去找他吗?"

对不起,时间它说了谎。我没有去找他。

你失望地低下头。

我过去劝告你:"你还小,沉浸于年少的惺惺相惜,沉浸在美丽的童话中,被抬头可见的天空禁锢。你朦胧的情愫都是幻觉,是恒久虚的空,是忧伤的徒劳。知道吗?你想象的未来都会转瞬即逝。"

你彻底崩溃了。意识到你难以承受这种落差,我有些心疼:"或许让你活在幻想里,会幸福些。未来的变幻你还看不到。长大了,你就会看清这一切。"

你破涕为笑:"你看到的我看不到,我看到的你看不到,那我怎么知道你在看什么呢?我们是不是只能看到一半的事情呢?好像我只能看到前面看不到后面,这样,不是就有一半的事情看不到了吗?"我忽然怔住,你和《一一》里的洋洋语出一致。

"十八岁,你看不到的事情,我替你经历。"我的声音带着些许的沧桑感。

2.你看不到的,我来告诉你

我跟你说说后来的事吧,也许你会对二十一岁绝望。

三年前,我与你告别后,我带着固执、勇敢、幼稚、热情澎湃一意孤行。我要走的路,谁也挡不住。三年来,我伤心绝望过,一蹶不振过,彷徨挣扎过,忍过孤独,路过贫穷,受过欺骗,扛过疾病。无知亦无畏,撞南墙撞得头破血流。终于有一天我蹲在墙角,流浪过后的倦怠、形单影只的寂寥、被生活打磨后的屈从一一袭来。我看到生活狰狞的面孔后忽然发现,到了二十一岁,我的失望超过了快乐。

你不知道,十八岁过后,我以为前面是海阔天空、繁花似锦,二十一岁的我竟然发现前面还有一座山,这是始料未及的。

我固守的希望与梦想,瞬间崩塌。成长中的刺,很锋利,成长后的痛,更锥心。二十一岁的我看着横亘在面前的这座山,全身无力。有个二十四岁的女孩告诉我:每个人都会经过这个阶段,见到一座山,就想知道山后面是什么。我想告诉你,可能翻过山后面,你会发现没什么特别。回望之下,可能会觉得二十一岁更好。

所以,十八岁,现在我和你一样绝望。我不明白,为什么山的那边的那边还是山?

关于他的事,我也把真相给你。高考后,各奔天涯,音信全无。他以一种彻头彻尾的方式从我的生活中抽离。在网络信息铺天盖地的情况下,一个人居然能消失得这么彻底。千方百计地联系上,他的身边有了她,我只能继续流浪。我发短信给他,问他还记得十八岁的时光吗,等了好久,一直到我的憧憬死亡于我的臆想。我深深吸了一口浑浊的气息,不小心吸进一鼻子的辣椒面,呛得我眼泪直往下掉。惆怅、伤感、无奈过后,我终于相信了时间的力量,能扫平一切。

我的勇敢、执着、炙热以及为爱不顾一切的勇气,已经成了心灵的伤疤。你没料到我和他是这个结局,更没料到后来的我会像蒲公英一样跟着风的方向漂泊。我从一个茫然、天真、任性、未谙世事的小女孩义无反顾地变身成魔女。

你忧郁地问:"既然时间都只指示着瞬息,什么才能永恒呢?"

我残忍地告诉你:"根本没有永恒!成长是一个瞬息一个瞬息熬出来的。"

面对这纷乱的世界,我看到在你眼中天真的纯洁和晴朗瞬间黯淡。

你有些担忧:"三年后的事你都告诉我了,那你看不到的事怎么办啊?"

"以后,前面那个人会告诉我。"

你又好奇起来:"前面那个人是谁?"

3. 山的那边是海

你问我前面那个人是谁,我也不知道。就像我弄不懂我和你怎么可以在互不相识的情况下一下子认出彼此。

我和你相差了三年。三年过去我已经长大,而你依然年轻。无论过了多少年,我都会不断变老,而你却永远十八岁。我闯过了无数厄运和煎熬平安地抵达二十一岁,丝毫没有打扰到你。时光在不断前进,而你的风采依旧,永不褪色。时光摧残的是我。

我静静地看着你,仿佛看到了永恒。

为了让我好过些,你要给我看前几天你写下的话:二十一岁的你,要好好的,哪怕我们相隔天涯,再也说不上一句话。哪怕你成不了我想象中的模样。

我很感动。但衰老是人生注定要来的一劫，而记忆是永恒不灭的存在。我在衰老里挣扎，你在记忆中鲜活。

不知道刚才我道出的真相有没有挫伤你。我只是觉得你太天真，十八岁，你的执念是一把刀，你有爱上爱情的倾向，你竟然相信永恒，不过是一个幻影，你偏要追逐下去。我跟你说，你的一时冲动爱上的只是爱情本身，你苦苦追寻的，并不是你的心上人，而是追寻着他的感觉。

你仰起头露出天真的眼神："我不懂，但我还会追逐。或许，山的那边是海。"

我佩服你打不倒灭不掉的憧憬与自信，但我还是朝你吼了一句："瞎说！山的那边就是山，我看透了这个世界，我被困在山里出不去了。"

十八岁的你果然不吃我这一招，尽管我告诉了你真相，你却依旧有颠覆一切经验的勇气，你竟然大气凛然地宣称："我相信山的那边是海。"

我有些嫉妒你：十八岁就是好啊，二十一岁苍老了啊。要我如何才能像你一样让心里这一道光芒永远闪耀？

4. 山的那边的那边也是海

你要回到过去的时空了。临走前你跟我玩了一个游戏，你让我从纯真、追求、乐观中选择一个。你明知道这三者都是我的心肝，真的难以取舍。

最终丢不下纯真。以前我知道纯真很重要，但是我不知道它这么重要。自以为不再拥有生猛纯净的内心，自以为已经被这个世界击溃成一副颓败的模样，自以为从此沧桑走天涯，自以为十八岁的纯真早已被这个社会生吞活剥，却没有发觉潜意识里我把纯真置于这么重要的位置。

你开心地对我说："原来你没变啊。"

我一脸诧异。

你向我解释："谢谢你，一直为我保留着纯真。你的青春未断翅，年华也未消逝。在你尝过人情冷暖、经历过欺骗伤害、熬过寒冬黑夜之后，依旧没有放弃用纯真的眼光看待这个世界。纯真就是开始，它有坚不可摧的力量，可以让灵魂死而复生。"

我被你的话震住了。

你笑得很诡秘："正是因为我不确定山的后面是否还有山，我才奋不顾身地生活着，我才好奇山那边的风景。如果一切都知道了，生命就到尽头了。二十一岁，这些道理以前你都知道的啊。那现在你还很绝望吗？"

我又怔住，想起曾对自己说，我的纯真一直会到某天我不再认为这世上还有事情值得我奋勇拼搏。理想和信念，一次次地鼓励我向前走。我迷迷糊糊地重复你的话："不会。我想知道过了二十一岁，是否就是平原或者大海，夕阳或者拂晓。"

你脸上露出笑容，继续试探我："但是你刚才跟我说，二十四岁的那个人断言山的那边的那边还是山啊？"

这一次，我自信起来："不，前面那个人错了。山的那边的那边是海。"

你高兴地和我一起喊：不管是十八岁还是二十四岁，都相信山的那边的那边是海。

你是我最坚强的依靠

父亲是我今生最难描述的人。很少为他写字，太过强烈的感情写出来总觉得苍白无力。这两年他沉默了许多，我一声不响地躲在他身后，悄悄记下这点点滴滴。

2009年夏，我高考，很害怕。他很自信：我家姑娘考不上谁还能考上啊。但我却让他的自信跌到谷底。我很爱哭，但很少在他面前哭，我一哭，他能郁闷几天。但那年，我在他面前哭得不成人样。他一直郁闷到把我送进复读班。

一年后，我才看见他久违的笑容，舒心、踏实。之后我把发的文章拿给他看，在他面前卖弄文采，他乐得合不拢嘴，一个劲地夸他女儿最棒，直言不讳地夸奖。他说老爸永远是你的忠实读者。

这么些年，我爸的情感起伏一直和谐地顺着我的喜怒哀乐。

但在高中叛逆期，和他闹过一次。

我的很多事，他都由着我。唯独吃饭，要求极其严格，甚至到了苛刻的地步。三顿饭必须按时吃，尤其是早饭。

冬天，放假回来想睡个懒觉。但只要他在家，没门，坚决不行。正做着美梦，突然就会被他的大嗓门吓醒。我总是用被子蒙着头大喊一句

"不吃了"。刚想继续做未完的梦,门外就五雷轰顶:"不吃也要起来!"我索性不理。但最后还是会在他催命似的敲门声中爬起来,总觉得再睡下去他会把整个屋子拆了。

我起床后自然是不给他好脸色看的,没胃口,坐在饭桌前昏昏欲睡。他的大道理一成不变:"不吃早饭怎么行?""看看你瘦成什么样子了?!""年纪轻轻饮食不规律,以后就有罪受了。"……我端着饭离开,偷偷地把它倒掉,然后回房补觉。屡试不爽。

一直觉得这是个天衣无缝的法子,就当是梦游。

很久没吃过早饭了,有一夜熬了很久,早上根本起不来。他在门外大喊。我憋着火起来了,不吭声端着碗想离开饭桌,被他制止:"就坐在这儿吃。"我忍不住大声说了一句:"什么都管!"说完径直走了。他火了,非逼着我吃完。我放下碗,终于和他闹了一番:"谁家大人像你这样?我同学回家都能睡到十点。你怎么这么不近人情?!不可理喻!烦死了!"话音落下,全家愕然,连自己都吓了一跳,这么没良心的话都能脱口而出。他闷头,说了一句:"随你吧。"

那段时间很委屈,觉得他淡漠了许多,早上再也听不到他的大嗓门了,心里很不安。

我还是受到了上天的惩罚,连续几天的胃疼让我不得不向他说实话。他带我去医院,医生说:"丫头,要按时吃饭啊。有慢性胃病。"我不知道用什么词来形容我爸的脸色,赤橙黄绿青蓝紫?估计都有吧。

出了医院,我小心地跟着他。他沉默得可怕。我小声安慰他:"幸好是慢性的。"他依旧没表情,完全把我当空气,弄得我心慌。停了一会儿他自言自语:"我早知道你把饭倒掉,都怪我太放纵你。我一直担心着你跟你妈一样,胃不好。"

回到家我妈问他医生怎么说。他不理,一个人面对着墙壁发怔,然后长长地叹了口气。

我真的很震撼，那个"唉"字有太多无奈与自责。

长这么大，我最受不了的就是家人的叹气，太揪心。

我出省上学时，他给我的手机配了两个电池，说是怕打电话找不到我。我一脸无语："要不要这样？"每个星期都能接到他的电话，每次都没什么事。或许仅想知道我平安，仅此而已。

大一寒假，我给他买了一件棉衣，杂牌子的，不贵。没想到他逢人便炫耀："我女儿买的，名牌，看看这料子，多好。"人家不在乎，他还一脸喜悦，自我陶醉。过年家里来亲戚，他又卖弄起那件棉衣。亲戚摸了摸料子，挖苦我爸："明显不值钱。从哪捡来的吧？"还没等我笑出声，我爸整张脸都黑了，对着亲戚吼了一句："你识货不？我这衣服千金不换！"我妈赶紧过来打圆场。一旁的我嘀咕了一句：亏得平时还教导我不要动不动摆脸色，这……

亲戚走后我跟他说："爸，你今天真差劲。是你不识货，跟你说过几次了，这衣服真不贵。"谁知他来了一句："我怎么觉着就这么暖和呢？"我妈递给我一个眼色，我憋住笑。他又不屑地说："要不是你妈拉住，说不定还真打起来了。"这衣服他一直穿到送我走那天。

我爸送我去的车站，一个顺路的朋友在那里等我。我爸去卫生间时朋友说了一句："你这么娇气啊？还请了搬运工。"我黑着脸，声音高了三分贝："你说什么？！他是我爸！！！"她做惊讶状，语气有些鄙视："不是吧？你这么白，你爸怎么这么黑？"我二话不说拉着箱子就走。我爸找到我问那丫头呢，我全身的细胞都在愤怒，把刚才的情况跟他说了。

我学着他的口气："要不是你在，说不定还真打起来了。"我爸嘀咕了一句：亏得平时教导你不要动不动摆脸色。但眉目间明显有一丝笑容。他知道女儿护着他。

许是家里两个孩子都在上大学的缘故，这两年，他的脊背和站姿都弯曲了。

2010 年，他跟我说他要去外面挣钱。

我坚持把他送到车站，我没有像他送我时一遍遍地小心叮嘱，也没有像他送我时不看价钱地买很多东西。他离开，只简单地带了两盒泡面一瓶水。我站在外面，一直看着他进站，看着他的背影变小。

在凝望他的背影中，我慢慢成熟，第一次体会到送人离开的滋味。我不顾形象地从车站一直哭到家。

我打电话问他在那边累吗。他说一点也不累。我又问我妈，她说你多给你爸打电话他在那边很辛苦，还要上夜班。

又是一个寒假，他出现在我面前，依旧穿着我给他买的那件破袄子。我差点没认出他，一下子明白了苍老这个词。我还是跟在他身后，眼泪一直在打转。

我上前拽住他的袖子，看见他满是老茧的手，很黑，很多小裂缝，但没有了烟熏的黄。我问他不吸烟了吗。他憨憨地笑："烟酒都戒了，省了不少钱。早该戒了的。"我把脸藏在他背后，怕他看见我在哭。我不能想象一向视烟酒如命的爸爸如何把它们都戒掉，更不能想象一向刚烈、坚强、执拗的爸爸怎样在老板面前低声下气。

回到家他问我以后到哪儿工作，我回答得很干脆："回家乡。"他还是憨憨地笑：长大了啊，知道想家了。我却在他的笑容中看见了凝结十几年的辛酸与期盼。一年前，他这样问我时，我说打死都不要回家。

现在，他和妈妈一样，总是听我的。我说什么他都信。我的决定他很少发表意见。他总是说："你自己约莫着。"但我还是会征求他的意见。

他在前面劳累，我在后面默默跟着。愧疚的是从没和他说过"爸，您辛苦了""爸，女儿爱您"之类的话，怕他会担心我遇到了什么事。有时很想上前跟他说一句："爸，您是我最坚强的依靠，您是家里的灵魂支柱。"但自己练习着说出来，又觉得苍白无力。还是写出来吧，然后上前递杯水，看着他满意地笑笑，什么也不说。

车过故乡，我看见你青春的模样

青春的告别礼

两年来，从一个城市跑到另一个城市，一个人也不害怕了。我们似乎总会在不经意的瞬间，爆发性地醒悟，爆发性地成长起来。不会再傻乎乎地坐在火车上一直昏睡到下车、不会再把重要的东西随便丢在一旁醒来什么都不剩、不会再乱和别人搭讪差点被骗……

这趟列车要经过故乡。夜间车厢里明晃晃的光洒在旅客疲劳的脸上，外面的天空漆黑一片，没有星光。

"各位乘客，列车已到阜阳站。"我望向窗外，熟悉的地方陌生的脸孔，站台人群攒动。刹车的一瞬间要上车的和下车的骚动起来，混乱得一如两年前那个出走到此又拐回家的下午。那时的你不会买票不会坐车不知道去哪儿亦分不清东西南北，你迷茫地在这个站台外面转悠着，心慌，心凉。

两年了，你被我遗忘在时光的角落里。此时车过故乡，我又看见你，你对我微笑。故乡站，是我回不去的青春站，曾相聚过的朋友，都潦草散场，我不知道时间过去，我们都长成了什么模样。

那时的你有很多的疑惑，你不知道自己会不会越来越好，就像不知道世界会不会越来越好一样。你坐在时间交错的列车里，不知不觉被推

038

着走,过了一站又一站,你成长为一个又一个的自己。而直到今天,车过故乡,我才又一次看见青春站里你的模样,在虚幻的时空里,你带着我一起回忆过去的某一天某件事,重新体会一遍当时的心情。

你来到站台的那天,模拟考刚过去。你说你想休息一下,很想放肆一下。连续几天的午睡使你都把第一节课睡过去,醒来拿起书包就跑,然后站在教室外面等到下课才敢溜进去。但还是会被班主任发现,一次次地训话。你说你想走,想要离开他们,不要他们管了,让他们满世界疯狂地找你,你躲起来就是不出现,然后偷偷地想象着他们自责与无奈的神情。

你真的一个人逃课来到这个火车站,可是站在检票口,你所有的激情和任性都换成了恐惧与无助,你什么都不懂。就是在这个站台,你明白了只有回去把逃不掉的事做好才有资格去做你想做的事。

你回去的时候坐在公交车里哭到终点站,然后又坐上另一辆公交哭到学校。你一路哭着跑进教室,在满是人的教室号啕大哭,周围的同学都被你吓坏了。你的班主任问你怎么了你就是不停地哭,办公室的几个老师都着急起来,他们那么温和地安慰你,和你谈心,你突然觉得学习、考试这种事是真的没办法,他们管你,不只是出于无奈,还出于爱。

你看看你,怎么这么任性。看看我现在,中午想睡到几点就睡到几点,去不去上课也没人管,自由得都丧失了生活的动力。也许我们都羡慕彼此,但我们都有生活的苦都有自己要走的路。现在的我也很憧憬未来,就像你憧憬我的现在一样,期待很美好,可是我们都不要忘了啊,重要的是憧憬未来时把握好现在。几年后,你成为我,我又成为另一个人。

你又为数学哭泣了。明明老师在课堂上已讲过几遍的题,但你还是不懂。你说自己没数学细胞你骂自己是笨猪,无济于事。你胆怯地对老师说:"可以再给我讲解一下吗?""这样的题都讲过几十遍了?你上课干吗去了?一直就不懂自己思考,到了考场怎么办?"你一哆嗦,强忍着眼泪，"我好好听了，听不懂。"你听见数学老师重重地叹了一口气，然后你对自己也泄了气。

你被吓蒙了，平时数学老师对你最好了，虽然你数学不好，但他会耐心为你解答。你开始恨他，恨他把你学数学的最后一点热情也给浇灭了。从此以后，你在数学课上再也没有主动回答过问题甚至连头都很少抬一下。你觉得老师再也不管你了。可是你这个倔脾气不会这么轻易被人看得起的，你没有人倾诉，没有人帮助，你带着恨意在那段黑暗的时光里一点一点啃着数学题。一直到高考结束你都摆着一副欠揍的表情面对数学老师，你恨他。

后来拿到不错的分数时，你终于明白，有些问题必须自己去思考，老师只能引导你而不能给你答案。如果你自己不愿迈开步子勇敢地朝前走，而是靠别人拖着你、拉着你、哄着你往前走，渐渐地你就会丧失向前走的能力，当他放开你的时候，你只能轰然倒下。

毕业聚会的时候，你听见数学老师说："丫头，以后上大学了脾气要改改，要不然会吃亏的。"其实在那段时间你很想问他题目的，就是拉不下脸，就是不肯向自己的倔脾气低头。你明知道老师叹的那口气不是因为瞧不起你而是真的替你忧心，他只想让你独立思考，找到解题的思路，以不变应万变。他知道，在考场上是需要你一个人奋战的。他只想让你的数学好起来，别无恶意。他没想到你那么脆弱，那么敏感，那么不解人意。

你的青春恨意，只是被任性迷住了。

我看着表，还有几分钟火车就要开走了。你低头沉默，欲言又止。看得出来，你有隐藏得很深的东西不敢说出来。你抬头看着我的长发，满眼羡慕。你说你好想留长发。你说你剪去长发的那天夜里哭了好久。你说高考过后你要蓄留长发，你要把头发拉得直直的或者去烫成大波浪。

至于剪去长发的原因，你跟别人说是为了节省时间，每天早上起床后像个男孩子一样趁着洗脸的空就把头发洗了,干毛巾擦一下就奔向学校,镜子和梳子都放进了抽屉。但还有个原因直到今天你才承认。

那是你的孤单心事,一段你以为永远也走不出的心事。你说就算是毒药你也愿意喝下去,你说就算是执迷不悟你也不后悔,你说就算是深陷其中你也不顾一切。"你的剪影轮廓太好看,噙住眼泪才敢细看。"你一遍遍地听王菲的《约定》,其实你们什么也没有。他不知道,你亦不敢说出口。

可其他女孩子和他谈笑时你又躲在了一旁,他主动跟你说话你也不理会,他偷偷地递给你一张纸条"你是不是讨厌我啊?"你没出息地紧张得满手是汗,依旧沉默着做题。回家的时候你却在日记里哭诉:我想和你说话,我不讨厌你。

你把这件事想得很严重,世界上再也没有比这更严重的事了,你以为自己不能自拔了。来日岁月,就像今日,你发现它很轻,过眼云烟,轻如鸿毛。不过,我承认,很美。

"生命在故意和我周旋／给你一个难忘的瞬间／却不能让他继续永远／那天你走出我的视线／再也没有出现"。你作茧自缚,你独自忍受,等你明白过来时,他再也没有出现。

我旁观着你的烦恼,这一段竟让我欣喜。十八岁,爱与不爱,青涩与隐晦,徘徊着,丫头,好在那个时候你选择了什么都不懂。

"你真的很清楚地记得,自己是在哪一个夏天成熟,变成大人的吗?那么我相信那个夏天,肯定有很多冲突、困惑,有甜蜜、有爱,更有许多不知所措。"丫头,我想对你说,就是那个独自奋斗的夏天,你长大了。

时间不多了,火车快开走了,你跟我说了这么多,搅乱了我的头脑。我只知道你说过的绝望到最后都变成了希望,很多事都过去了,也有很多事都开始了,你的出走也只是一句气话。

我在窄小的上铺躺下来。

记得那一天你渴望独自走天涯也不害怕,如今我坐在火车里前往想去的地方;记得那一天你期待着自己不用再为青春的琐事牵绊,如今我学会了理智与独立;记得那一天你自言自语一切过去后你要做自己想做的事,如今我抓着梦想的尾巴死不放松;记得那一天……

　　火车开走了,它还要赶往下一站。你微笑着向我说再见。

　　原来看似毫无意义的时间刻度,成了成长的分界线。

　　火车在急速地前进着,我也在飞速地接近未来。我前赴,你后继,不离不弃,你以我为荣,我也愿长成你期待的样子。时间游走,不论我长多大,只要我回到旧时的原点,只要我经过这个站台,我就会看见你的身影,你年轻的模样。短发,顽皮的脸,任性的表情,短短的秀发垂下来,那是你青春的模样。你永远停留在青春的站台,我也注定要一生忍泪回眸。

　　你追着火车问我是谁,傻瓜,我就是你啊,长大之后的你。

　　亲爱的,你,就是我青春的模样。年华似水,匆匆一瞥,我又起程,把你永远留在了青春的那一站。

青春的告别礼

弟弟给我上的一课

　　"你是完了。"

　　"家里也不指望你了。"

"看看你姐。"

这是我妈对弟弟的经典说教。

小时候他数学极好。有一次爸爸不小心说了一句:男孩子就是比女孩子聪明啊。这句话把我的自尊心伤完了。我不如我弟弟? 我笨? 我开始暗暗努力。

但从初中开始他就贪玩了。报告成绩是我最欢乐的时刻,我妈总是眉开眼笑,转而对他吼一句:"你呢? "我弟的脸瞬间拉下来。迎接他的是一顿臭骂。骂完了我妈还不忘说一句:看看你姐。

高中我们在外面租房子,他经常回老家,我则利用一切时间学习。我妈夸我努力,对他叹口气:"你的头脑里是装不下学习二字。"

一起回家时,我什么都不做,躲在卧室看书。他总是自作多情地帮妈妈干活,唠嗑。事做完了、话叙完了,我妈立刻晴转多云:"就知道跟我闲叙,看看你姐都在学习。"他当作耳旁风,又去跟我爸闲叙,死都不愿看书。又是一阵暴风雨:"你是除了学习啥都喜欢。""这辈子你是跟书有仇。""你要有你姐一半用心都成。"……

骂过了就忘了,他很少和大人争辩,心理承受能力特好。因此,打击他、讽刺他是爸妈的一大爱好。我不同,爸妈对我说一句难听的话,我都能难过大半天。有一阵子学习紧张,我的脾气很暴躁。我妈都不敢跟我说话。我弟看不惯,总是会仗义地来一句:"你吼什么吼? "

我总是跟爸妈说将来我有出息了要怎样怎样孝顺他们,因此现在我必须努力,经常活在自己的世界里。他们的脸上总是洋溢着幸福,夸我是他们的骄傲。我弟很不屑:"等你有出息不知道是猴年马月了。"然后继续他的"游戏人生"。总觉得他太顽劣,从不体谅爸妈的辛苦。

之后我们一起考上大学,他的成绩竟然与我相差无几,不过我妈一直说他是蒙上的。我填的学校都是外省的,他的全是本省的。

"你就这点出息? 你还不想逃出这个破地方? "

我弟瞅我一眼,"你跑远了我还能跑吗?"一句话把我噎住了。瞬间想到了这句话:父母在,不远行。

第一年寒假,我要提前回校。

他阴着脸问我有什么事那么重要,就不能在家多陪陪大人。

我上了火车收到他的短信:你走了,妈妈都哭了,爸一直沉默着。他们舍不得你,但又不能耽误你所谓的学业。你怎么什么事都那么重要?

我恍然大悟,顿时觉得自己很没良心。我所谓的前途是什么?我一直在追求着什么?我连基本的孝道都不懂。对大人的很多许诺,不过是自私而已,不过是因为自己的将来而已。

这个暑假,我拖着一箱子书回家了。他可潇洒,背个小包,连书的影子都没有。我妈问他行李呢。他说要去做暑假工,挣钱。我妈见他这么云淡风轻、吊儿郎当地对待整整两个月,脸拉得老长,噼里啪啦把我弟骂得狗血淋头。

"挣什么钱?你能挣多少钱?你脑子里就全是钱了。也不讲学习了。"又附上经典的一句:看看你姐,带多少书回来。我弟全程低着头阴着脸,然后狠狠地瞪了我一下。

晚上他竟给我发信息:姐,你会写文章,还要考研。我啥都不会,也不知干啥,在家就是废物,还不如出去赚点钱。你替我说说情。

我说什么爸妈都信。我声情并茂地规劝他们:让他出去锻炼锻炼也好,大学生实践很重要。花里胡哨糊弄了一番,我妈很认真地点点头:"也对。"我弟狂晕:"你的话在家里就是圣旨。"

偶尔他打电话来,说他挣到钱要给妈妈买很多补品,让我在家多帮妈妈干活、说说话,别老是躲在屋里。还附了一句:有些事,以后想做都没机会。很少见他这么高深。

我说我知道。

他火了:你知道什么?你只知道忙活自己的事。前几年可以说是因为高考。那时候我好几次回家都见她很虚弱，临走前她总是一再地叮嘱我："不要跟你姐说，别耽误她的学习。"这你也知道吗？

顿时语塞。"不要跟你姐说，别耽误她的学习。"简单的一句话，却有一种轻描淡写的悲伤。

突然觉得最不懂事的人，是我。

虽然我比他大一岁，比他令人省心，比他成绩好，比他体谅家里。但不管我对父母的承诺多么华丽多么慰藉人心，相比于他对父母点点滴滴的关心，都黯然失色。他从不计较爸妈对我的偏袒，也从不记恨爸妈对他的打骂。

"子欲养而亲不在"不是每个人都懂。孝顺，也许最实在的就是多陪陪父母。

旧时光，终成心事

一年前我对自己说：年少的喜欢无关爱。

一年后，几乎在相同的时刻，我又提笔勾勒那段时光。

三年，如白驹过隙，转瞬即逝。那个幼稚的誓言依然清晰：考后就去找你啊。时过境迁，空留一段苍老的年华，荏苒岁月一瞬间就覆盖了过往，徒剩叹息。

回忆还那么深,那些淡淡的黄昏,我们踢着石子在操场上漫无目的地行走。我们无忧无虑地笑肆无忌惮地玩无畏地畅想未来,喜欢和你走在校园的林荫道捕捉散落的阳光,喜欢静静地聆听你讲述每个国家的地理故事。你的地理一直很好,我经常嘀咕:为什么他成绩那么差地理却出奇的好? 太不公平了。

　　但地理故事还没讲完转眼就成了陌路。只剩自己像个大妈似的感慨:岁月流逝如流水,韶华时节不再来。至今还清楚地记得高二结束的那个暑假,我鼓足了勇气对他说:"我要静下心,我不能放弃梦想。"

　　我的冲动渲染了我的青春,关键时刻,我的理性又铸就了我的成长。明明当时可以把握的情愫却要告诉自己以后再说,明明知道会落下个物是人非的残局却扭头离开,我不想体会那种十几年的努力都付诸东流的无力感,更不能在高考后捏着可怕的成绩单对家里人说:爸,妈,我在学校骗了你们。

　　我很胆小,没有勇气去赌一把,也没有资本。但是在梦想面前,我是强大无比的。我毫不犹豫地把自己的青春奉献给了高考。

　　高考的枷锁屏住了我们的呼吸。我知道自己不是一个能兼顾好学习与感情的人。看似可以自由地选择,其实早已注定。现实毕竟是现实,而过去的岁月又收不回来,于是只得这样一边无病呻吟着"年华已逝"一边情不自禁地扎入高考的洪流中。

　　整整的一年,断绝了一切联系,一个人上学一个人回家,熟悉的风景熟悉的路但再也没有熟悉的人。想哭的情绪如潮水般袭来,还是要告诉自己一切都会好起来的,心力交瘁地生活。一边是美丽的风景一边是未完成的学业,每天都只能忍着庞大的疼痛做着堆积成山的习题麻木地背着政史地并且强迫着自己不要去想那些有的没的。偶尔看到他跟另一个女生一起走,只是一起走而已,就难过得想哭。不能哭,绝对不能哭。没想到会走到这一步,连一句话都不能说。

青春的告别礼

但我还是告诉自己，再狠一点。任性地跑到理发店把留了很久的长发剪掉，短得摸起来很扎手，之后在他讲故事的那个天台站了一下午，晚上回去听了一夜的《短发》，第二天起床时对自己说"鱼与熊掌不可兼得"。

　　我想那个时刻自己大概成长了一些。原先以为这一年我撑不到头，以为我会忍不住去找他，以为我会在半路上就崩溃，可不经意间就这么过来了。

　　真的过来了。

　　洪流退去，一切似乎归于平静。我却惊喜地在那片洪荒之地看到了新长出的麦芽。待到梦想成真，他却以一种彻头彻尾的方式从我的生活中抽离，连让我寻找的线索都不留下。走过高考，穿过人群，随着时光的河流进海洋，我们分头离开。

　　然后忽然有一天，一首歌把记忆拉回，这才去怀念那些被自己亲手葬送的岁月。我对自己说：去找他吧。青春总是一种蛊惑，那些如夏花绚烂的日子肆无忌惮地膨胀在记忆里，无所畏惧地张扬。

　　人去楼空，无影无踪。还是一语成谶：当我们真正想做什么的时候，往往也是无法回头的时候。

　　我又开始感叹，明明很喜欢却要狠心地丢弃，之后还要痛恨自己的绝情。面对这些失去，只得耗在回忆里，微笑着等待，精力一点点地消耗，随时光流逝，渐渐地毁掉自己。

　　我还是在青春衰败之际以一个陌生人的身份去关注他的生活。只是想在流年消失殆尽的节点，和他说一句"对不起"。之后就可以安心地念一遍徐志摩的那句话：一生至少有一次，为了某个人而忘了自己，不求有结果，不求同行，不求曾经拥有，甚至不求你爱我，只求在我最美的年华里，遇到你。

　　我的"对不起"迟迟未说。

有那么多的瞬间,恍惚中看见他浅浅微笑。我握紧了手,怕这是一场梦。醒来,还是握住一把苍凉。一场梦带来薄荷凉的感受,恍若幻觉,旧时光,最终是没了踪影。

光阴流转,怕的是突然有那么一天,他重新出现在我面前,而我身边却站着另一位少年,他下意识地转身离去。事实上相反的是,他的身边出现了另一个女孩,下意识离去的那个人是我。他的生活中出现了另一个人,我知道,那段青春,早已成了旧时光,也终成心事。

他们在一起的那天他发来消息:"希望你能够快乐。"我看到他的QQ签名改成:那年,为了一个女孩,我那么拼命地学地理,我想给她讲很多很多地理故事。但是她去追梦了,我一度消沉。但我竟也找到了真正可以奋不顾身的事。谢谢她。

我盯着屏幕,心生温暖。我原想和他说声对不起的,不料等来了他的感激。最好的年华,最美的遗憾。原来"往事如烟,曲终人散"并不全是凄凉。

他的话,醍醐灌顶。我回宿舍悄悄收起他给我的地理图片,他永远都不知道,高考毕业后,我是真的很想和他去寻找曾经说的那些地理故事起源,看看它们是否真的那么神奇。

三年之后,流年似水,猛然听见背后有个和他一模一样的声音,回头不自觉地盯着他看,看了好久好久,直到他的身影一点点地模糊。想大声地喊出他的名字,我没想到,关键时刻,声音如此沙哑。过眼云烟,无处可寻。

背影消失,我站在大街上失声痛哭,为那些无法兑现的诺言,为那些遗失的青春岁月,也为生命中最美的年华。

狼狈地回去,带上耳机,苏打绿轻轻地唱:没有不会淡的疤 / 没有不会好的伤 / 没有不会停下来的绝望 / 你在忧郁什么啊 / 时间从来不回答 / 生命从来不喧哗 / 就算只有片刻 / 我也不害怕 / 是片刻组成永

恒哪

是啊,你在烦恼什么?

我坐在电脑前自问自答。如果,所有的青春都有机会再次重逢,你还会不会像以前一样年少轻狂、表情淡漠、轻易地放手? 如果,一开始就明白任何事都不可能重新来过,没有回头、没有后悔、没有暂时放下,是不是就会倍加珍惜、慎重选择?

我不会。

因为那个时候,我们依旧什么都不懂,也不肯懂。

因为这个时候,我的短发已经长长了,经历过,成长了,自己知道就好。

那段时光,我最幸运的两件事:一是遇到你,一是放开你。放开,是我最明智的决定。终于有一天,我也可以放掉当年那么多无知。那些旧时光不是教会了我们怎样恋爱,而是教会了我们怎样成长。青春的心动,若即若离,说白了,也就是一段暧昧不明的记忆。

喜欢的人远远地看

阿月打电话来低声对我说:我没想到会再次碰到他。声音带着哭腔。

我大概猜得出那个“他”指的是谁。

"两年了，好不容易碰见却连招呼都没有打。"阿月说的是她高中时的朋友，算不上朋友也算不上恋人，很暧昧的那种，彼此心知肚明，但从没说破。没有明确地在一起过也没有明确地说分手什么的，淡淡的，慢慢地不知不觉地就散了。高考一过，都摇身变了模样，这段感情还没来得及找到出口就已经被画上了句号，最终不了了之。

阿月是个很懂事的孩子，学习不用父母担心。知道怎么处理自己的感情与学习，从不张扬，拿到很棒的成绩。她说校园既不是青春的墓地也不是放肆的乐园。她小心翼翼地徘徊在感情的周围，不动声色。

但没想到毕业两年后的一次偶遇竟在她的内心里泛起那么大的波澜。"我刚下飞机的时候，看见一个相似的侧面心狂跳了一下，立马就移不开眼睛了，傻愣在原地几秒然后疯了一样拨开人群一路追到机场外面，跑着跑着就哭了，前尘过往一并入脑。当时我真快疯了，看不见人群，不在乎路人的目光。追过去后看见他上了一辆的士，止不住的落寞，小七，你不知道我一个人蹲在大街上哭了多久。两年了，那个突然而降的背影，思绪一下子回到从前。之后傻傻地坐上了一辆公交，也不知开到哪儿的，坐在车上发现不对劲连忙下车给你打了电话。"听得出来，那边的她已哭得声音沙哑。

虽不是自己身上发生的事，但听起来还是酸溜溜的。

当年也没见得他们像情侣一样在一起，班里也没有关于他们的传言，最多也只是他送阿月回家，偶尔一起吃吃饭，冬天的时候他给她买个暖手袋围巾什么的。机械的生活里，他们最多的表达就是一条意外的短信、一句温暖的问候、一份温馨的祝福。现在看来根本不算什么。日后这些小小的感动竟成了她的心魔。

其实她说看到他的背影我很是怀疑她是不是认错人了。暂且不论这些。只是自此以后，不管是在车站还是在路上，阿月都像得了强迫症一样四处张望，碰到相似的背影或者面孔就跟踪人家，有几次竟然跟着一个陌生人跟了几里路拐了几条街发现对方不是他，只得不住地跟人家道歉。我说："亲，人家不在你那个城市啊？"她说她心里很清楚他不在但每次都忍不住去跟着一个人影。我哭笑不得。

她哭着问我："世界怎么那么大？大到两年多我们都没有相遇。"

"不是世界大。你若想联系他直接问班里同学就可以了。"

她沉默。

"还有，他要想联系你，也只要问一下班里同学就可以。别这么多借口，自欺欺人。"我知道她只不过拿这些当作幌子，她念念不忘的是那段岁月，并不是他。

太多的不了了之，这样的事见得太多了，和室友夜谈的时候也都是这种情况，高中的时候她们都是好孩子，问及感情都沉默，不知道什么时候开始的，不知道什么时候就结束了，到最后都是不了了之。只是当年的小暧昧照亮了整个青春年华，充实了青葱岁月。当初对方的一举一动甚至一个微笑一条短信都记得清清楚楚，也许青涩与朦胧的东西最容易侵入心底。

之后我又问阿月是不是想再次联系他。她沉默，显然的不愿意。她说看看现在的生活也挺好，又觉得彼此在各自的生活里健康就是最好的结果。

很多事都只适合无声地忘记，不是烂在心里，是偶然地想起。让他住在自己的内心里，然后和他在生活里告别。因为每个年龄都有每个年龄的感情，幼稚的成熟的，都刻骨铭心。以后，会想念，只不过再也没有死都要在一起的必要。

嗯，最好的方式就是不远不近、顺其自然，勉强在一起或者极力拒杀，结局都不是那般的好。

还是很赞成饶雪漫的那句话：喜欢的歌静静地听，喜欢的人远远地看。

如果有一天，自己再也不会对这些不了了之的感情过分地纠缠、埋怨，而是把当初的朦胧就当作日后清晰的记忆，这，就是成长的美好。看似痛苦，看似一切都这么不了了之，但回忆的甜美只有自己心里最清楚。

"私塾"先生

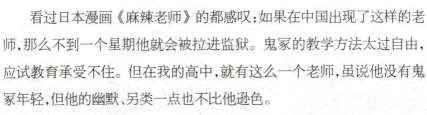

看过日本漫画《麻辣老师》的都感叹：如果在中国出现了这样的老师，那么不到一个星期他就会被拉进监狱。鬼冢的教学方法太过自由，应试教育承受不住。但在我的高中，就有这么一个老师，虽说他没有鬼冢年轻，但他的幽默、另类一点也不比他逊色。

我们喊他"先生"。第一次上课时他穿着二十世纪六七十年代的衣服提着公文包（很破的那种）戴着老花镜（压到鼻梁）夹着一根烟步履蹒跚地走上讲台，所有的同学惊悚地睁着眼睛在班长的"起立"声中站起来齐刷刷地喊："老师好。"他立马变了脸色取下眼镜瞪着我们："谁让你们喊我老师，叫我先生。"这时大家才恍然：哦，原来这就是传说中仁慈可爱的老先生。

我们一直喊他先生，连其他老师也不例外。因为我们的校长、班主任、学生的父母也都曾是他的学生。

先生教政治。一教就是几十年，经验丰富，在那个小城里也算是有点名气。他经常和班里的捣蛋学生开玩笑:"哎,有其父必有其子,记得当年你爸也是这么调皮。那时我还年轻,有力气打他。"

先生＝拿着戒尺不拘言笑的古董? 先生的课堂＝私塾时代? 事实上我们的先生诙谐、乐观、善良、和蔼。他经历过饥饿年代,因此朴素得让人心酸。先生一直穿的是布底鞋、老旧老旧的军大褂。他不让我们去书店里买资料,但要在课堂上抄! 抄题目来背,这几乎已成定律,也是他教学的典型。每次来上课他都拿着好几本资料,名曰"红本子"、"蓝本子"。他自己从这些资料中选择好题让我们抄。他一边念题,我们一边飞快地听写下来,教室里都是笔纸摩擦的声音。他经常告诉我们一些小绝招,每次逛书店的时候挑书看,看那些大题,每次看一题,当场背下来,没事就去看书、当场背题,看烦这本看那本,店主把你从这个门赶出去你就去外面放松放松眼睛然后从那个门进去继续看。这样就不用花钱买书了,还锻炼了瞬间记忆能力。

先生的课堂最大特点就是自由。在他的课上我们不知养成了多少"坏习惯"。本身就放肆的我们被纵容得更是无法无天。他说你们上课上烦了就从后面悄悄地溜走,我是不会看见的。在当时的高中,这简直就是奇迹。真的有很多学生上着课就没影了。学生走后他捂着眼睛当着全班同学的面说:我什么都没看见啊。就在他捂着眼睛的一刹那又少了几个同学。最后演变成大家光明正大地从前门出去。有的大摇大摆地接着电话晃悠着出去偶尔还一不小心碰到查班的老班,先生还出来替他们解围:他家里打电话来有急事。他的教育没有说教。完全是大小朋友的心灵对话。

我最爱上课吃零食,还坐在他眼皮底下,有时吃得太疯狂了,他会扔只粉笔过来:"慢慢吃别噎着了。""给先生留着点。"上课睡觉的,连续睡一节课他不管,时间久了他会敲敲桌子:"醒醒,醒醒,快看,外面卖零食地来了。"对于后面几个吵闹得实在不像话的男生,先生每次都会做出一个"扔出去"的手势："再讲话就把你们从窗户撂下去。"坐在窗户边上的同学立刻打开窗户。先生急忙喝住："看看下面有没有大树。要不然挂在树上死不了。"

他很爱跟我们这些新生一代聊天，记得有次班级模拟小测验，是他监考的。后面的男生有传卷子的有翻书的，各种混乱。他竟然忘我地跟前排一个男生聊着天。考试快结束，那男生悲哀地呼叫："先生，我的试卷还没做。"

一直觉得先生淡泊名利、心态乐观、无欲无求，他的课堂轻松愉快。紧张的高三，只有在先生的课上能敞开心大笑，前仰后合、东倒西歪、捶胸狂笑、拍打桌子的到处都是。因为他上课第一件事就是先讲个故事（其实每次都是讲到快下课），然后就是抄题。疯狂、放纵、抄题的课堂，是我们学生时代最美好的记忆。

高考前，他跟我们说等考完试我带你们下馆子喝酒去。但写到这儿有点伤感，因为先生已经永远地离开了我们。我们的先生，不在了。去年寒假回家时，班里同学带上了他喜欢的烟酒还有那些"红本子"、"蓝本子"去了他的墓地。

有人问：如果我们有个鬼冢一样的麻辣老师会如何？

被先生教过的学生想说：会很快乐很轻松，即使是面对高考，我们也无忧无虑。他会改变我们一生，引导我们在人生的道路上更加快乐勇敢地走下去。他的重点不是在教书而是教我们做人。这并不是套话，是班里同学发自内心的签名。

用文字筑起的青春

有一天

我睡着了

牵着梦的线悄悄地从我手中滑走

而我却不知

我不知道我睡了有多久

醒来就一直迷糊着

我不能牵住我的梦想了

走到哪里都没有了方向

没有了安全感

无意中在贴吧里看到这些话，很感动。

如果我什么都没有了，没了青春没了流浪的冲动，那么至少我坚持了我的文字梦。很多人年轻时都怀揣着一个伟大的文字梦，但梦苏醒之后有谁不会扑空？

孟琪读到我的文章时惊讶得不行，她说真没想到当初的一个玩笑竟让你这么一直走下去了。我说丫头我把你的梦也写了进去。她发来一个惊讶的表情:我的梦？我怎么不知道？

说实话,看到这几个字时心凉了半截。当我把《被岁月覆盖的诺言》发给她看时,她好久都没有发消息过来。我一遍遍地问她怎么了,她敲来几个字:死丫头,你还记得我的梦。我自己都忘了。

一瞬间觉得自己就像是昆德拉笔下的阿格尼丝:她就这样上街,把花举在自己面前,死死盯着它,让自己只看见这个美丽的蓝点,在这个她已不爱的世界上,这蓝点是她唯一愿意保留的东西……除去其他,我的蓝点,大概就是那个微小的文字梦吧。

流浪,写字。一个属于理想一个属于现实,一个是释放压力的源泉一个是激情燃烧的梦。我说我们高考后一定要去流浪,结果没有。我说有一天我要把她写进文章里,然后我把一摞杂志递给她。

兴许,对文字的迷恋多于流浪。

这迷恋,是说不清的,有着千丝万缕的情结。

高中是迷恋文字的疯狂期,把大人给的零花钱偷偷地跑去书店换成青春杂志,小心翼翼地在本子上写着自己的心情日记,执迷于所有关于青春的文章,悲伤、叛逆、迷茫的文字,梦想着有一天自己的文字也能出现在杂志上。一脸认真地和孟琪说过:我的文章一定要出现在××杂志上!

但坚守了几年的文字梦,在高考失利后全部化为灰烬,烧掉了那么多的文字宝贝,把喜欢的杂志全卖了。复读一年,没有再看青春小说。只买关于学习的书。舍弃,舍得难过,弃得绝情。那一把火,让我在那段青春里彻底和文字绝缘。

很想写,很想写,有种再不写下来就要窒息的感觉,有什么东西堵在喉咙里压在胸口上,很沉重。我说,我不认输;我说,我要追逐我的文字梦。之后还是写了撕撕了写,这样的文字梦,刻骨铭心。

一节一节的复习课,重复着,压力与羞耻并存,不是没有时间写,是不允许自己再写。熬过这些天,就可以写你想写的。再也不会被任何事牵绊。走下去,一定要走下去,一定要坚持下去。一切都会过去的,梦想的路上再也不会有牵绊你的事。

就这么安慰着躁动的自己。那个时候我还没理解透昆德拉的不能承受生命之轻,只知道再有一点压力就要去死了。

高考成绩出来时,妈妈问我想要什么,我说我想买好多好多杂志。她什么都没说。我知道那一年她很满意于我的表现:没有再写一些让人看不懂的字,没有再买一本青春杂志。

高考下,我们的青春,是在沉默中相依为命的青春,自由与梦想不是我们的,远离世界,沉浸书海,彼此支撑,又一言不发地暗暗较量。

在高考面前,我不愿伤父母的心,不愿意让自己任性而为到最后却一无所有。丢下高考,意味着丢失的就不只是青春,还有理想、父母的期望。我怕我的文字梦带来的是一场祭奠而不是喜悦。

但也只有那一年,才知道文字梦是多么的宝贵。那段日子已经离自己很远了。只隐隐约约记得在那些暗无天日的生活里憧憬着自己的文字梦。

后来,明白了生命中不能承受之轻,最沉重的负担是人生最美丽的时刻,在重压之下积攒下来的文字宝贝是最具生命力的。比起在劳改所里凭借记忆背了几万行原稿的索尔仁尼琴,我们又幸运多了。他的文字,是用鲜血浸透的,为了逃离被扼杀的命运,不得不销毁稿件。

进了大学文学社,文字梦集中的地方,开始时大家热情高涨。一个学期下来,社员的创作激情消磨殆尽,到最后基本上没人写了。老师问了我们一句:为什么你们在高中时那么忙都要偷偷地写写画画,到了大学有那么多的空闲时间却不写了?

一句话让很多人沉默。谁想过为什么? 是青春不在了是吗? 不是。是被现实磨平了,出来的这些时间,把最初的梦想都给掩盖了。因为长大,梦想最终一个个变小,最后不知道自己的方向。

有梦总是好的,大学自由的时间太多了,一夜之间暴富却不知所措。所有压在身上的东西都没了,自己像飘浮在空气中,开始的感觉总是好的,越飘越觉得茫然,直到再也找不回原来的轨迹时才发现漫无目的是这么的虚幻,生命就像一场假象。飘荡的过程中自问自答:当初你为了什么那么努力?你想上大学。到了大学你想干什么?现在你飘到哪里去了?你想往哪个方向飞?若你想回来哪个梦想会张开翅膀迎接你?

我竟然找不到答案。若是在高中,我会毫不犹豫地说出"我就是想写文"这句话。那时总是腾不出时间,总是全心耗在作业里,偶尔看了一本课外书都要责备自己很长一段时间。

时间多了,我却浮在高空中故作高深看着人间负重行走的人们,一点一点地迷失自己。

人的一生,总有一个深入骨髓的梦想,即便它被隐藏得很深很深。我们会因为各种比它重要的事忙碌着,我们都有太多的牵绊和无法排遣的痛苦,我们永远不知道未来会发生什么,也不知道在这短短的人生里我们还能再活几十年。自由与梦想,看似空中楼阁,但是只要坚持,就不会遥不可及。

"我什么都不想,我只想重拾我的文字梦。我什么都没有,我只有坚持我的文字梦。"一个作家这么感叹。

如果说"流浪梦"是我和孟琪彼此安慰的把戏,那么,"文字梦",是我一个人的小小坚持。把戏,是无法兑现的诺言,而坚持,是我内心最坚强的力量。我们想写字,只是因为热爱,只是因为一个文字梦。也许故事是虚构的,但感情却是真的。

年少不轻狂,不是少年,青春无理想,不是年少。世界上没有任何事是无可救药,只有你自己愿不愿去坚持。每个人年轻的时候都会做一场华丽的文字梦,而正是因为这些,才让自由、青春、梦想这些词在我们心

青春的告别礼

中灼灼发亮。我们安慰自己只是暂时放弃这些不大不小的梦想,但当一切都过去的时候,别忘了把它捡回来。

因为只有到了以后,才懂得问自己:这一生,这一辈子,你会去哪里,路过什么地方,有过什么梦想,回过头来,看看这些梦,还剩下什么。

用文字筑起的青春,沉重,但是现在可以理解了,那是一种想要飞翔的沉重。

蓦然回首

《蓦然回首》原是三毛写给她的恩师顾福生的,那个帮助她走出自闭人生的老师。三毛这样说:那个擦亮了我的眼睛,打开了我的道路,在我已经自愿湮没的少年时代拉了我一把的恩师,今生今世已不愿再见,只因在他面前,一切有形的都无法回报,我也失去了语言。

几年前,当我还是那个软弱的小女孩时,我也遇到过一个把我从茫然无助的青春引进文学殿堂的恩师。我想很多同学都会记得这个场景:语文课上,大家凝神屏息,专注地聆听着刘老师讲述古今中外文学史上的事儿,尤其是古文,那些艰涩难懂的文言文,自己看时枯燥无比,经他一说,便觉着趣味无穷。

我们都很喜欢听刘老师讲解文章背后的故事,聆听的感觉,很美又很轻松。当然,这也源自他的知识渊博、教学经验丰富,还因,他从不照本宣科。书本的知识,多少会有些狭隘。每上一篇课文,他总是把与之相关的内容增补上来,比如上《荆轲刺秦王》,他会把专诸、豫让、聂政等的杀手故事也贯穿过来,上《金岳霖先生》,他会把林徽因、梁思成、徐志摩、金岳霖四人的传奇故事牵进来。

在他的引导下,我们一点点地捡拾着文学宝贝吸收着文学的营养,随时间积存着,这些文化宝藏,受用终生。其实,更重要的,不是那平平常常的几个故事,而是我们聆听时在内心震撼的刹那间延伸一生的力量和好奇。

这些力量与好奇使我义无反顾地踏上文学之路。我一直深信,那些文学积累对我影响很深很深,我们对老师的尊重、崇敬与感谢也是难以言喻的。

唯有感动,感激,还有怀念。

怀念的,还有那些周记本。直到现在,它们还保存完好,盛满着青春年华。这些周记都是刘老师要求我们写的,他说:"每周坚持写一点文字,把想说的话都记下来。这不仅可以积累作文素材,也是以后美好的回忆。"那时不清楚记录下来的青春岁月会有多么宝贵,只知道写好交差算了。

做题累了,拿来周记本写上几句,按时上交,也不去管它。但当周记本发下来时吓一跳,我的那些小难过小纠结都被一一批注,末尾处又附些鼓励的话,完全不同于其他老师的评语,什么"语言通顺"、"结构完整"一类的套话。我看到前桌的周记本上写着:你们这些孩子,总是喜欢放大痛苦,缩小快乐。为什么不放大快乐呢? 虽然不是写在我的本子上,但刘老师的认真与耐心让我很感动。

我思量着,芝麻大点的小事都被刘老师认真看过,必须要认真写了,觉得一定要对得起老师。

青春的告别礼

青春里,每个孩子多少有些麻烦事,我们懵懂的感情、卑微的自尊、叛逆的性格,一些碎碎念念,都不知不觉地在周记本上流露出来。刘老师付出了无限的忍耐和关心,那些黑暗的日子,他就这么细心地陪着我们,发自内心地呵护着学生。他的教育是心灵对心灵式的。

而我们记录的"麻烦事",只要是认真写的,在课堂上都会受到表扬。"良言一句三冬暖,恶言一声暑天寒。"那个年纪,对与错,青涩和隐晦,该与不该,总在徘徊。但受到表扬是一件很自豪的事,老师的重视、认可、赞赏在我们的心里影响很大。刘老师又特喜欢表扬学生,作文写得好、作业做得好、考试进步……这些表扬,些许说过了便云淡风轻,看不见,摸不着,但其中蕴含的激励,却随着岁月一点一点渗进我们的成长里,不只教会我们认清哪些是对哪些是错,也让我们渐渐自信地面对世界。

表扬归表扬,但对待一群躁动不安的学生,苦口婆心是无济于事的。记忆中,刘老师只发过一次脾气。那时高考快要来临,我们像是已经被判刑的囚徒,以为所有的挣扎都是徒劳,班里浮躁不堪。

刘老师还是一遍遍地劝我们抓住最后的时光,他说:三流大学和重点大学的差别是你们想象不到的,且不谈什么设备名声师资等,就是那种氛围,一下子就能拉开距离。他说得很认真很认真,那个时候天很热,教室里没有空调,我坐在北面靠墙,整个人都被桌上的书遮住了,有气无力。周围的同学低声谈笑着。

面对一群已经刀枪不入、麻木不仁的学生,刘老师还是积极地引导着,说到激动处他习惯性地扬着手:记住我今天说的话,将来你们到大学就会深切地体会到,三流还是重点,取决于你们自己。我从书堆里抬起头盯着他,想象着他说的大学生活,恍然如梦,怪我语言贫乏,实在想不出什么词形容那种感觉,像是生活在水深火热的人们聆听着教父神圣地讲述来世与救赎。

遗憾的是班里很少有人抬头,还有人在小声地说话,他生气地撂了一句"以后有些人就会后悔的"就重重地摔门而去。台上的用心良苦,台下的无动于衷,只因那时候,我们最大的资本就是利用自己的年少轻狂反叛一切规则和说教,老师说得越是慷慨激昂,内心越是不屑一顾。

到现在,终于有话语权了。三流大学和重点大学的区别,就像老师说的那样,不用到里面生活,哪怕只踏进校门就会感觉出来。不管是个人偏见还是外人的追捧,有些东西不一样就是不一样。

我写这些,回忆过去,依旧是充满感激的。"过几年,你们就会后悔的。"最怕的是当年没有听话,回去的时候两手空空,想起此便觉着恐惧。感谢他看到我们麻木的状态却没有丢下我们,坚持用道理与良言挽救我们。

不厌其烦的劝导一直持续到我们进入考场。高考过后,竟出奇地怀念起他的说教。

填志愿时,我们围在刘老师的办公室,他很客气地递来茶水。这种尊重与平等让我们受宠若惊,它是基于内心的诚恳,不是一种形式与姿态。

我们这些涉世未深的孩子,对志愿与专业一无所知,恐惧茫然地看着现实和未来汹涌而来。刘老师和我们面对面坐着,他带着温和的笑容,认真地跟我们说:"女孩子一定要到外面生活一段时间,尤其是沿海城市,看看外面的世界再回来,思想要开阔一些,一定要有修养有气质有文化,活出自己,做自己想做的事。趁着年轻,一定要出去看看。"他说话的口吻也带着尊重与耐心。印象中,他和我们的谈话一直是这篇作文写得怎么样那道题如何解答,从来没有出现过将来要做什么以后怎么办之类的。这更让我们手无举措,原来课下的刘老师这么平易近人。

永远忘不了那次谈话,我们像朋友一样探讨着将来、职业、兴趣,老师为我们指引着人生路。我们的世俗生活可以说是空白,而且目光短浅,将来是个很遥远的事。突然间就这么赤裸裸地选择自己未来的路,真有点不知所措。刘老师耐心地帮我们分析,城市、学校、专业等,每个学生都不一样。除了心存感激,无言以对。

在一个喜欢的城市,做自己喜欢的事,追求向往中的生活,简单、快乐,这也是为什么两年后仍然能清晰地记得那句话:女孩子一定要到外面看看再回来。真实地体会过后,才领悟到当初他说这句话时的良苦用心。

学贵得师,亦贵得友。刘老师对待离开了高中的我们,就像对待朋友一样,或者可以说,课上我们是师生,课下一直是朋友。

我们脱离了他的课堂,有些语文知识也都还给他了,但那几年,他教给我们的做人处事之道一直萦绕脑海。

只会学习不会做人是一件很悲哀的事。那时我和几个玩得好的女生很笨拙,见到老师大多数惊慌地躲起来。好几次碰到刘老师,还没来得及躲,就看见他微笑着问我们干什么呢,之后我们才尴尬地喊一句:"刘老师好。"不是不礼貌,只是因为胆怯。他是如此了解学生,知道怎么疏导我们的情绪,然后在包容中传达一些为人之道。

师者,不只传道授业解惑那么简单。如果说他的博学为我们打开了一个多彩的文学世界,那么他的为人处世之道则让我们领略了真善美的真谛。成绩好只不过是在游戏规则中玩得好些而已,但人生远远不是那么几个数字就能描述的。"在人之下,要看得起自己;在人之上,要看得起别人",他说的这句话我记得很清楚。

透过三毛的文字,我们可以看到顾福生对她的影响有多大。我没有三毛的文笔,却怀着同样感激的情感写下几年师生时光的点滴。

第三辑

心灵诗韵

想象一种向日葵般的生活

契诃夫在短篇小说《小公务员之死》描述了一位在剧院看戏的小公务员打了一个喷嚏，唾沫不小心溅到了前面的将军身上，由此恐惧而死。故事的结局不免逗乐我们的神经：真傻！

但是有时候我们也会像小公务员一样总是为一些模模糊糊的事担忧，把不利的事情一再地放大。一件小事，都会感觉遭遇灭顶之灾，我们太擅长自己吓自己了。

初中时，人小，神经也脆弱。我和一个同学闹矛盾，仅仅是因为我在别人面前说了她的坏话。话的内容早忘了。只知道我想尽办法讨好她，她可能在气头上，对我若无其事，不冷不热。我的生活就是煎熬，觉得自己是这个世界上最邪恶的人，她肯定恨死我了。我变得越来越自责、内疚。我的想象辞典告诉我：这辈子她都不会理我了。

自此，我也不再理她。

高中，又在同一所学校。在学校遇见，也形同陌路。三年，见面我就主动低头飘过。我不知道我们相遇的那些时刻她有没有对我微笑。也许，只要我一抬头，表情不是那么僵硬，我们就和好了。但固执着不和她说话，一直赌气到毕业。

我想,我错了,永远不能被原谅。我们都只能这样了吧。这就是个疙瘩了。以后这几乎就是个心魔。

上了高中,我发现有人的想象辞典比我还要丰富。那时一个好姐妹整天看安妮宝贝学郭敬明忧郁。有一天她突然跟我说:我想我得了抑郁症。

她把抑郁症的征兆给我看。我顿时怔住,每一条都符合她的状况。

她又说自己整天心里很慌,总感觉呼吸不过来,胸口闷,问我会不会是心脏病。我安慰她,不会的。但潜意识里我也替她忧心。

她哭得很难过。我说那些书不要看了,越看越难过,心病就会更多。

最终还是陪她去医院。先去做的心电图,单子出来就几个字:一切正常,只是心率稍快。医生说没事。

她还是不放心:"但是我心里真的很难受,缺氧、胸闷。会不会是心脏病?"医生笑笑:"放心好了,一切都正常。平时注意休息就行了。"

依旧心里坎坷,我替她问:"查抑郁症的在哪里?她好像有抑郁症的症状。"

医生抬头盯着我们,像看外星人一样。然后不耐烦起来:"小丫头动不动就心脏病、抑郁症,电视剧看多了吧。哪有那么多病。"

还是找了医生聊了一下,结果是:睡眠不足,不运动,咖啡喝多了,导致心悸。

那个医生说了一句给人印象很深的话:本来不是心脏病,早晚会被你自己吓成心脏病。

那些困扰我们的烦恼和忧虑,是否真的发展到不可收拾的地步?我们所认为的困境和麻烦,是否真的有我们所认为的那么大?

我近视一百多度时,很害怕有一天去掉眼镜什么也看不见。七八年了,一直隔着玻璃看这个世界,似乎一切习以为常。现在,去掉眼镜就等于瞎子,模模糊糊。以前我不能想象,如果有朝一日,我不能用眼睛看清这个花花世界，那么那时是否会绝望、会恐惧？

但现在真的看不清了，一切都还好啊。

那一瞬间，我顿有所悟。进入黑暗之前，都会紧张、害怕、忧虑。以后，不知不觉发现自己适应了这一种黑暗，并开始享受它。然后，又觉得这个世界可能就是这样的。

谁知道前路会朝着什么方向？谁知道未来是否有我们无法解决的困境？谁知道以后是否有让人无法接受的事实？

后来闹矛盾的她加我 QQ 时，注了自己的名字。这么久了，久到差点没想起来我们为什么会变成这样。她发来一个微笑的表情，我不敢回。又发来一句：我做错什么了吗？你怎么都不理我。我蓦然词穷，再说就是矫情。

原来是我被恐惧的神经束缚着。就像小时候，偷邻居家的葡萄，被阿姨逮到，以后习惯性地从她家远远地绕过，后来阿姨亲切地问我怎么不理她了；盛饭时不小心把碗弄进刚熬好的稀饭锅里，怕挨打，偷偷捞出来，那顿饭死都不喝粥，害怕了好几年，才敢跟大人提起这事；在学校点蚊香时把被子烧个大洞，觉得妈妈会大发雷霆，一直心虚地骗到放假，老实交代后，妈妈很心疼地来一句："幸好烧的是被子呢，烧到人可怎么办！"……很多很多曾经害怕的事，一度以为自己再也走不出来了，以为就此绝望了。

但青春终会得到救赎。有些事，远没有想象的那么遭。年华似水，怎能耗在莫名的担忧里。想多了，不过是蹉跎岁月。

想象一种向日葵般的生活，有些心结，看淡，解开了，也就过去了。想象的恐惧，比恐惧本身更伤人。就算没解开，把它藏在一个地方，然后阳光地面对生活，也许会更好。因为有时候情况没有想象的那么惨、困难没有想象的那么大、事情没有想象的那么糟。

灵感迸发之际把灵魂找回来

"生活在别处。"兰波高喊着。这个才华过人、举止怪异、放荡不羁的诗人声称自己是"被缪斯点化过的孩子",他想用诗歌改变这个世界。他有恃才傲物的资本,但他身无分文、落魄潦倒,困居于乡村。

十六岁的一天,他突然想走了。热血沸腾从家里逃出踏上去巴黎的列车,寻找文学精英,书写属于他的诗歌时代。

他一路高歌:夏日蓝色的黄昏里,我将走上幽径。不顾麦茎刺肤,漫步地踏青,感受那清凉沁入脚心。我将什么也不说,什么也不做。无尽的爱却涌入我的灵魂。我将远去,到很远的地方,就像波西米亚人,与自然为伴。

他就这么走了。

又有一天,生活安逸的魏尔伦出去为妻子买药,结果人影全无。

出去一趟人就没了?疑惑不解的妻子找了他三天,问过朋友找遍大街,还光顾了停尸场。后来才知道丈夫跟别人去了比利时旅游。

那个人,就是兰波。

《全蚀狂爱》把兰波和魏尔伦的故事演绎得唯美、华丽。魏尔伦见到十六岁的兰波,顿时痴迷,如同发现了灵感源泉一样。一瞬间"忘记我是谁、不问你是谁",说走就走了。

游荡结束,兰波孤身返乡,带着满身才华,很快就写出了他最知名的作品、象征主义文学的代表作《地狱一季》。而返回巴黎的魏尔伦,文思泉涌,诗写得更好了。

不可思议,他们怎么像厌学的坏孩子一样,突然就逃离按部就班的生活呢?

北野武给出了答案。

在《坏孩子的天空》里,两个坏孩子逃课在校园骑着自行车一圈一圈地晃。突然有一天他们逃走了。去闯荡,去追梦。当两人各自找到为之努力的目标时,他们约定:当一个成了黑社会老大另一个成了拳王再相见。

进黑帮,练拳。但最后都空着手回到校园。同样空旷的操场,马仔依然坐在信志的自行车后座上回到校园里闲逛。一切似乎都没变,转个圈又回到原点,但到底是有什么地方变了。

因为信志惆怅地问:"我们完蛋了吗?"时马仔笑着说:"傻瓜,一切都才开始呢!"

只有逃离,才有开始。出逃的大师,离校的坏孩子,他们到底干什么去了?

赛弗而特用另一个为妻子买药的大师的传奇故事给出了答案。

同样是妻子生病,哈谢克被妻子打发上街买药。他顺路进了一家小酒馆喝了几杯,突然就不想回家了。就这么莫名其妙地从家里逃出来然后莫名失踪。一个星期后,他回到了家里,带回来的不是药,而是流芳百世的不朽名著《好兵帅克》。

在出走的日子里,哈谢克光顾了许多饭馆,喝酒放荡,写稿养活自己。这零零散散的手稿就是《好兵帅克》。

古怪吗?真是说不清道不明。也许是作家想从世俗的柴米油盐中挣脱出来,躲进自己的精神家园寻求解脱。

翻翻米兰昆德拉,才发现奥秘:当下的生活都是暂时的,真正的生活在别处。

昆德拉创造出一个叫雅罗米尔的诗人,这个诗人在自己的诗歌里又创造出一个叫泽维尔的人物,作为他在幻想世界中的替身。

也是突然感觉厌倦,雅罗米尔没有像大师们那样说走就走了。他把自己的生活寄托给泽维尔,"泽雅尔的生命是一个梦,他睡着了,做了个梦,在梦中他又睡着了,又做了个梦,从梦中醒来,发现自己在前一个梦里,梦的边沿模糊了,他从一个梦过渡到另一个梦,从一种生活过渡到另一种生活,不存在任何障碍。"

浮生若梦,那就暂且逃开现实好好地在梦里走一场,而这种沉醉于自己心灵空间的梦本身就是一种出走。所以说,雅罗米尔也出走了。

人在路途走,把灵魂弄丢是常事。他们到别处是为寻回真正的自己。但让我迷惑不解的是怎么都莫名其妙地消失? 订个计划、做好准备不是更好吗? 我们也被现实束缚着,那也出去逛一圈,然后回来一个更好的自己,这多好?

以前我也旅行,也出走,也去找灵魂。但总觉得少了什么。回家时在火车上遇到一个离家出走的丫头,十六岁,一直嫌自己胆小。地理课上老师说到西藏,她突然就想走了。自己到西藏跑了一圈,正准备回去上课。她说现在她可以拿着地图满世界乱跑。我被这丫头震撼了。

她说就那么一瞬间就想证明自己,傻不拉叽地就走了。她找回了她的勇敢。一如驴友所说:我们的旅行,不是因为山在那里,也不是因为路在那里,而是在这过程中我们找到了自己。

我恍然,终于明白自己为什么始终都找不回灵魂,也终于明白为什么计划很久的出走到最后都成了被岁月覆盖的诺言。因为少了天时,少了冲动,少了那份灵感。

这个天时就是灵感迸发之际。兰波突然想写诗,魏尔伦突然对兰波着迷,两个坏孩子突然想追梦,哈谢克突然想流浪,雅罗米尔突然想做梦,他们都是在某个时刻,发疯地想做一件事,然后都出走了。殊途同归,最后他俩都带着灵魂回来了。

没有计划,没有路线,没有约定,不为风景不为谁,仅仅是在现实生活中忙得突然间脑子一热,一拍即合,回来,波澜不惊,继续生活。生活不是为了凑热闹,不是为了按部就班。也许我带不回一首更好的诗带不回一部不朽的名著,但我想,回来的会是一个更好的自己吧。

期待着,晕头转向之际,灵感来袭,脑子一热,出走。带着一个更好的自己回来。

轻描淡写的悲伤

一语惊人,很多作家为它前赴后继。但这个世界多的是浓墨重彩、淋漓尽致。

看余华写的许三观,家里一遇上天灾人祸,他就去卖血。几十年,家庭靠他卖血支撑着,三个孩子都是用他的血养大的。他老了,孩子大了,家里生活改善,但他坚信自己还强壮,又想去卖血。不料血头嫌他老,骂他的血只能给油漆匠刷墙。他的血第一次卖不出去。老年的许三观突然意识到什么。

余华不痛不痒地描述:他在城里的街道上走了一圈,又走了一圈,街上的人都站住了脚,看着他无声地哭着走过去。

《小团圆》里九莉在香港读大学时一贫如洗,痛苦度日。她努力争取到一位教授私人资助的八百元,惊喜之余,母亲正好来到香港看她。她跟母亲说这事,母亲一声不响地把钱拿走了。过几天她才知道母亲把它赌输了。两天她只靠面包维持着。

张爱玲蜻蜓点水般提到:九莉觉得跟她母亲有些什么东西失去了,断掉了。

《城南旧事》里小英子的爸爸遇上年轻的兰姨娘,仿佛青春重生一般,陷入兰姨娘的世界,痴迷、忘我。有一天兰姨娘从他的生活中突然抽离。

兰姨娘要和另一个男人远走高飞。马车越走越远,扬起一阵滚滚灰尘,就什么也看不清了。小英子仰头看爸爸,他用手摸着胸口。小英子轻轻推爸爸的大腿,问他:"爸,你要吃豆蔻吗? 我去给你买。"

林海音用这句话结尾:他并没有听见,但冲那远远的烟尘摇摇头。

轻轻的几笔,韵味深长。这是文学上的精华。

轻描淡写的高手,要数萧红。读她的小说就好像听她坐在自己门前慢慢絮叨着家常往事。本来你不知道她在说什么在表达什么,可是读着读着你的心便会不由自主地沉下去、沉下去。"风霜雪侵,受得住的就过去了,受不住的,就寻求着自然的结果。那自然的结果也不大好,把一个人默默地一声不响地就拉着离开这人间的世界了。至于那还没有被拉去的,就风霜雨雪,仍旧在人间被吹打着。"这样的句子,是有多透彻。

她笔下那个卖豆芽的王寡妇,一直安详地过日子,平静无事,一年夏天她的独子掉河淹死了,她疯了,可疯了之后仍静静地活着。"卖豆芽的女疯子,虽然她疯了还忘不了自己的悲哀,隔三差五地还到庙台上去哭一场,但是一哭完了,仍是回家吃饭、睡觉、卖豆芽。"

她笔下那些麻木的呼兰河乡民,生、老、病、死,都没有什么表示。生了就任其自然地长去；长大就长大，长不大也就算了。萧红把生老病死说得这么自然、平常，一个人的死都可以成为茶余饭后的谈资：老，老了也没有什么关系。眼花了，就不看；耳聋了，就不听；牙掉了，就整吞；走不动了，就拥着。这有什么办法，谁老谁活该。埋了之后，那活着的仍旧得回家过日子。该吃饭吃饭，该睡觉睡觉。

她笔下的光棍冯歪嘴子，一个人一夜一夜地在磨房打着梆子，善良而孤独。突然带回一个不干净的老婆，在别人的嘲笑、谩骂、诅咒中过日子。他们相依为命、无家可归。他的女人在生第二个孩子时难产死去，丢下两个嗷嗷待哺的娃。乡民们盼着看他上吊、自刎，急不可耐地像观看这一场热闹。

冯歪嘴子心中的恨与愤怒可想而知，然而萧红没写他有多绝望怎么反抗甚至如何谋生，只说：可是冯歪嘴子自己，并不像旁观者眼中的那样的绝望，好像他活着还很有把握的样子似的，他不但没有感到绝望已经洞穿了他。因为他看见了他的两个孩子，他反而镇定下来。

"因为他看见了他的两个孩子，他反而镇定下来。"我想起妈妈生病的时候对弟弟说：不要跟你姐说，别耽误她的学习。我不知道她流过多少眼泪，又是如何强烈地期望着自己的儿女在身边，却含泪轻轻说出了这句话。也许，父母对孩子的爱看起来永远是轻描淡写的，丝毫显不出轰轰烈烈，但却是这个世上最沉重的。

这个世界最可怕的就是轻描淡写。痛到无言，最痛。那是一种深入骨髓的痛，皮肤却完好。如同感情，两人一直没有联系，不得相见，永远牵不到手，彼此在天涯海角痛苦地呼唤与思念。见了面，却是一句"你好吗？""我们回不去了。""好久不见。"……这是怎样克制内敛的深情。

如今，很多人都在高调地裸露着自己的悲伤，举着悲伤的旗帜似在炫耀。如电视剧里撕心裂肺哭喊着的演员，观众却无动于衷。那些浸泡在荣华富贵生活里的所谓悲伤满世界开放、渲染，满世界枯萎、糜烂。但悲伤是需要缅怀的,因为它的灵魂已死。

　　缅怀轻描淡写,缅怀悲伤。也缅怀文学上的精华。

你的悲伤靠什么解脱

　　在网上遇到一个失独妈妈,一年前她的独女在一场车祸中离去。但在提及她女儿时,我并没有觉得她有多悲痛,反倒有一丝乐观。开始我以为她对女儿的感情很淡薄。我边聊边翻看她的心情记录。

　　有一条大概是她女儿刚离去时发的吧。"女儿,你怎么忍心丢下我?妈妈很想你。"怕又重新揭开她的伤疤,我小心翼翼地试探着:"你当时是不是很悲伤?"

　　她发来一段话:"我的悲伤早死了。看到骨灰的那一刻,我觉得整个世界都倾倒了。我不知道自己抱着骨灰盒哭了多少天,根本无法接受。后来的一个月里我一看到女儿的照片就崩溃。"

　　我顿时愧疚起来,自己不懂那种痛,还自以为是地猜测。

　　她开始和我主动谈起之后的心路历程。

　　一个月后,她干脆把照片藏起来,把所有和女儿相关的东西都锁起来。很多人劝她:时间就是治愈伤心的良药,慢慢就忘了,睹物思人只会越陷越深。但是她并没有被时间一点点治愈,反而更加绝望,心像被大火灼烧着,好几次徘徊在死亡的边缘。

她又把女儿的照片拿出来,一直凝视,一直流泪。她看着女儿永远定格的笑容,哭着哭着就笑了。她说她不能让女儿看到妈妈这么消沉,她要振作,要活下去。

"女儿的笑容拯救了我。我现在想开一点儿了。"她说。以后她每天都看女儿的笑容。曾经,那可是她的雷区。

在我们的观念里,悲伤的时候,最怕的就是触景生情。但一个人究竟靠什么才能从悲伤中解脱出来?刻意的忘记和忽视就可以消除一切吗?不一定吧。开始的时候,它让你悲痛,最后,它却让你解脱。

如海明威所说:"生活总是让我们遍体鳞伤,但到后来,那些受伤的地方一定会变成我们最强壮的地方。"

使我们悲伤的东西,时间久了,我们却要靠它解脱。悲伤与解脱,两者激烈冲突,又温和地达成和解。什么让你悲伤,你就得靠什么解脱。让你悲痛的东西,往往就是解药。

青春的告别礼

阿黛尔:不完美的完美

在第五十四届格莱美音乐奖上阿黛尔包揽了年度专辑、年度制作、最佳流行专辑、最佳流行歌手、最佳年度歌曲、最佳短片音乐录影带,又一次横扫了全球各大音乐榜单并斩获多项大奖。但这个拿奖拿到手软的女歌手却说:"成名的感觉有一些怪怪的。"

对,成名确实来得太突然。按照一般人的惯性思维,一个体重近200磅、没有出位造型、不关心穿着、喜欢美食的普通女孩离成名很遥远,但她就这么突然火起来了,而且一发不可收拾。

阿黛尔是个"大女孩",身材微胖,舞台风格极简,和同龄人 Lady Gaga、蕾哈娜走的是两种截然不同的路线。成名之后,很多人对她的身材、穿着以及破碎不堪的恋情加以嘲笑,但她依旧我行我素,唱喜欢的歌穿喜欢的衣服,随心随性。

阿黛尔就是这样的爽快和率性,完全凭借自己的才华、信心和奋斗获得成功。《泰晤士报》写道:"她和披头士一样,给自己写歌。她的歌迷跨越年代、跨越阶层、跨越国界。她也许拥有流行音乐界最有价值的嗓音,但她没有稀奇古怪的造型或者低级下流的绯闻,也没有整天只吃生菜保持竹竿一样的身材。她的卖点只是她的歌声。这听起来简直就是一个老套的励志故事。"

不完美的身材

阿黛尔的歌很著名,但对于八卦成性的娱乐圈来说,她的身材更敏感。五英尺九英寸的身高、十六到十八码之间的丰满体型成了他人攻击的对象。阿黛尔成名后,多次因为身体富态而被指穿着随意。

"时尚大帝"卡尔·拉格菲尔德直接批评她"实在有点太胖了"。而阿黛尔坚决回应道:"我又不是想上杂志封面的模特儿。我只是一名歌者,何况我的身材代表多数的女人。我做音乐不为吸引眼球,而是为了吸引耳朵。""如果有公司因为我的体重而不喜欢我,那我绝不会和再他们合作"。

被问及是否该考虑减肥时,她直斥道:"我是做音乐,不是要上《花花公子》封面。"她要做一个纯粹的音乐人而不是一个哗众取宠漂亮骨干的女明星,她有独特的嗓音和歌曲,她流淌着最真实最震撼人的情感,她的声音直抵心灵深处。这就够了,身材不够好,穿着不够美,说话也不怎么讨人喜欢,这些不完美正衬托着她音乐上的完美。

但到最后这些指责她"太胖了"的人反而主动道歉。据英国《太阳报》报道,拉格菲尔德为了向阿黛尔表达自己的歉意,给阿黛尔寄去一个香奈儿手袋,因为他听说阿黛尔喜欢收集手袋。要知道,拉格菲尔德是出了名的特立独行。《Vogue》美国版主编安娜·温图尔是个极其挑剔的完美主义者,对身材的要求很苛刻,但这个"时尚女魔头"却也在阿黛尔面前屈服了。

面对身材上的不完美,阿黛尔很真诚,她在接受记者采访时说:"我不排斥 Gaga 的华丽排场和汹涌的乳房,但我却拒绝用屁股唱歌,我的歌是用来听的,而不是用来看的。"她的歌只为耳朵,通过耳朵得到心灵的沟通,她取悦的从来都不是眼睛。

不完整的童年

突如其来的成功让人不免联想到是不是因为家庭显赫的缘故?但相反的是,阿黛尔甚至连完整的家庭都没有,幼年时她的父亲一直是缺席的,这也使得她比来自完整家庭的孩子更早熟更敏感。

阿黛尔的父亲——马克·伊万斯一直是潜藏在她内心的伤痛,1990年,马克离开了伦敦的家,丢下两岁的阿黛尔,回到老家威尔士酗酒成性,杳无音讯,小小的阿黛尔就和母亲相依为命。

母亲一个人把阿黛尔拉扯大,拼命工作让阿黛尔去上戏剧学校接受更好的教育,同样热爱音乐的母亲在阿黛尔幼年时便给她灌输玛丽·布莱姬、劳伦·希尔和艾丽西亚·凯斯的音乐。但因为负担不起高昂的学费,阿黛尔无法进入偶像"辣妹"组合就读的"西尔维亚青年戏剧学校",她带着对音乐的热爱选择了英国的"明星学校"——伦敦表演艺术学校。

就这样,来自单亲家庭的阿黛尔和母亲一路相互扶持着,在格莱美颁奖礼上,拿下六项大奖的阿黛尔热泪盈眶地对着麦克风说:"我只想说,妈妈,你的女儿表现不错!"但是父亲,她很少提及。每当别人问及她的父亲,她的脸色立马阴沉下来。阿黛尔缺少父爱:"我不知道父亲是用来干吗的,因为我从来就没有过。"更让阿黛尔失望的是,这个从没出现在她生活中的男人在她成名后竟然把她童年的隐私卖给了媒体,在二月中旬出版的美国版《时尚》中,阿黛尔说:"如果我看到他,一定会朝他脸上吐口水。我永远不会再联系他。"

破碎的恋情

"没关系,我总会找到一个像你一样的人,除了祝福你我别无他求,我只希望你别忘了我,我记得你说过:有时候爱可以永恒有时候却又如此伤人。"很多人听到 *Someone Like You* 的时候都会忍不住掉下眼泪,高潮近乎哭咽,歌词让人心疼,声音直击人心最脆弱的地方。

Someone Like You 无处不都透着失恋的痛苦和挣扎,这是她当时心情的写照。一场痛心的分手后,男友迅速与别人订婚了。面对男友的花心和抛弃,阿黛尔失声痛哭,随后化伤痛为荣耀,把痛苦和绝望都唱进歌曲里,录制出了本年度最打动人心的专辑之一《21》。阿黛尔的两张专辑《19》《21》的创作灵感多数来自于那一段失败的感情经历。可以说:失恋让阿黛尔在歌坛上来了一次飞跃。

让人啼笑皆非的是,前男友竟在阿黛尔成功后索要《19》的部分版权,原因是他认为自己是阿黛尔创作出这些伤心情歌的灵感。在台上讲述这段恋情时阿黛尔没有控制住自己的情绪,眼泪夺眶而出。

　　不管爱情多么伤,阿黛尔还是相信爱的魔力,"爱是我最需要的东西",如今,阿黛尔与现任男友非常恩爱。在接受美国时尚杂志《Vogue》访问时阿黛尔说:"我现在已经开始修整我的生活了,会持续4到5年时间。如果整日不停地工作,我的私人关系就都完了。至少现在我有足够的时间来写一张快乐的唱片,以及享受爱情和幸福。至于接下来要怎样,我还不知道,也许会结婚生子,也许会种个小菜园。"

　　身材不好、缺乏父爱、感情失败……不完美的外表不完美的情感经历却给我们展示出一个完美的阿黛尔,因为她坦承面对自己的不完美她完整地展示自己的才华和个性,和那些想靠身材脸蛋一夜成名的人相比,阿黛尔就是一个反叛者,反而赢得了观众的尊重。中国粉丝们还亲切地给阿黛尔起了个俏皮可爱的昵称——"阿呆",淳朴可爱、自信乐观。

林宥嘉:带着单纯冲锋陷阵

　　刚出道的林宥嘉单纯、可爱、美好、没心计,人家都叫他小孩。小时候他最大的愿望就是长大赚钱让家里生活无忧,现在他的目标除了音乐,依然是努力赚钱,让家人安心。他有着小孩一样的清新脱俗,在明争暗斗、物欲横流的娱乐圈,能保持一颗纯洁的心,实属不易。闯荡两年后,他的孩子气和真性情依旧,一直在做自己。

宥嘉的单纯不是年幼无知、无理取闹,而是干净温暖、纯粹无畏。这种单纯是一种强大无比的力量,足以抹杀一切黑暗。他是好脾气的乖小孩,一点明星架子也没有,不兜圈子,也不虚伪的迎合,注定要和别人不一样。

简单纯净的思想

宥嘉有着简单纯净的形象和思想。

他的形象带着天然呆、自然萌的可爱。例如,他会把歌迷的礼物都保存得很好,会边讲话还会边咬吸管,会学黑道大哥耍狠走路,走完以后又很懊恼地说"啊,我会被我妈骂啦"……也正因为形象迷幻,像刚睡醒的样子,获得"迷幻王子"的雅号,他在参赛时已被歌迷称为"迷惘宥嘉",他的巡回演唱会定名为"迷宫演唱会",但他自己却不知道何谓"迷幻",迷惘无邪的形象表露无遗。

单纯的还有他的思想,天真无邪的宥嘉从不笑里藏刀、话里藏剑。星光大道百人初选他俏皮地总结入选心得:我觉得评审们说得非常得体;总决赛他又说:希望支持我的人都不会孤单;上节目无厘头地向观众问好:听众朋友大家好,我今天心情很好喔! 因为我刚刚睡得很饱;谈到舞台魅力,他说:"有时候你听到一个人的演唱或看到他在台上的表演,觉得很美丽,那你就把他的优点转化成自己的东西吗? 就看见什么吃什么吗?如果是这样,你会让人觉得你很厉害,但不会觉得你很美丽。我不要当厉害的人,我要当美丽的人。"直率,不做作,纯净到只愿做美丽的人。

宥嘉简单的思想还体现在他不纠结于舞台炒作。明星在舞台上抓住各种机会大放光彩,而在《中国梦想秀》的节目录制中,林宥嘉为了给酒吧歌手何毅圆梦,他的出场镜头只有短短五分钟。为了帮助不相干的陌生人圆梦,他甘为绿叶,让普通百姓成为红花,林宥嘉成了"梦想秀"最低调的明星。在此次梦想秀的舞台上林宥嘉宣布这是他最后一次翻唱《你是我的眼》,成为内地绝唱。虽然他把这首歌唱得很红,媒体也炒得很响,但他说:"原作者是用生命、感情去唱。但是很多人都当作是娱乐消遣,我很难过,是自己误传了这首歌。"因为思想简单纯净,他可以游离于复杂的媒体炒作之外。

纯粹无瑕的互动

对待歌迷的态度上,林宥嘉绝对符合"不炒作、不鼓吹、不耍大牌"的原则。

宥嘉没有粉丝,只有朋友。出道不久,有位钟爱他的歌迷出了车祸,宥嘉不仅亲录 CD 为她打气,还连夜到病房探视。见到出事的女生满身插满管子躺在床上,他竟然泣不成声,纯粹,不掺杂别的成分的难过。林宥嘉回忆说:"当时她全身浮肿,头发也剃光了,和照片上的人完全两样。我第一次见到有人离死亡那么近,感觉很害怕,所以忍不住痛哭。"但媒体对此大肆扭曲,宥嘉不解:"明明是她的生命,为什么要变成我的附属新闻?!"他说他不介意被说成"爱哭鬼",但害怕被说成是在炒作、煽情、作秀、演戏,发自内心的同情与哭泣也会被批评,宥嘉感到不可思议。但他坦言不会去看那些评论他的东西,因为不想为了一些人把自己变成另外一个人。

林宥嘉的这种真情流露多次被媒体批评,但他很快忘掉那些伤害和

青春的告别礼

无理,无惧无畏回复这些诋毁:"现在会有所克制和收敛,不会轻易释放自己的感情,不然就是廉价的表演了。当然如果什么时候真情流露,我肯定还是克制不住要哭,我可不管他们怎么说。"在他眼里,和粉丝的互动完全是纯粹的,而不是出于什么目的。

五年来,他一直坚持着纯粹的互动。在推出《大小说家》专辑时,相当珍惜一路支持他的粉丝,有部分粉丝来不及预购,没有拿到预购礼,于是网络上留下无数哭哭脸,贴心的林宥嘉特别请唱片公司,在签唱会上准备哭哭脸面纸送给现场粉丝。林宥嘉有时在现场邀请排队八小时的女粉丝上台,帮她擦汗,并且讲解如何多功能使用这一张面纸:"在这炎热的夏天脸容易出油、腋下容易冒汗、还可以当吃饭的围巾,甚至内急的时候都很好用。"他还在签唱会现场演唱新歌,忘情投入唱到大飙汗,看到粉丝辛苦排队,他不断提醒歌迷要不断补充水分,并在现场带领歌迷举起手中的水杯一起饮水。

单纯执着的梦想

林宥嘉的单纯里潜藏着执着的成分,那是对梦想的固守与坚持,音乐是他最高的使命。看完功夫熊猫他感叹:"熊猫的使命就是成为武林高手。我的使命是当我没有热情的时候,一定要告诉自己我的使命就是努力做好我的音乐。"

他一直执着于这个使命:做音乐,圆梦想。他喜欢过吉他、下棋,但是他只有一个梦想,只有一份单纯的执着,单纯得有些发狠。这在他高中唱歌的狂热阶段体现得淋漓尽致:他把喜欢的歌手照片夹在钱包激励自己,放学回家第一件事便是放CD,戴着耳机一遍遍跟唱,每天大约唱两小时,唱到喉咙都有血腥味。他在音乐路上一直走一直走,绝不回头,闷着头往前闯,全力以赴,无所畏惧。

凭着对音乐的执着,他发了专辑。但他还要继续执着,他在一次采访中说:"希望等歌多一些之后,能够到小巨蛋开一场自己的演唱会。"五年后,认真执着的他骄傲地走到小巨蛋站在台上吼:"我等这一天等很久了,原来这就是神游的小巨蛋。"林宥嘉感性地表示:"以前进小巨蛋看别人的演唱会,总是感叹:嗯,原来这就是他的歌迷,而这一天终于来了,我站上舞台俯瞰和仰望,原来这一片绿海就是我的歌迷。"

发专辑、去小巨蛋,都靠着他的执着实现了。但音乐路未止,他就不会停歇对音乐的狂热。不久前,他在北京宣传新专辑,公司里有人给他一个"阿拉丁神灯",可以帮他实现他三个愿望。他说:一是想要更多的人听他的音乐;二是希望可以打造一张全乐团的专辑;三是得格莱美。很多人拿第三条开玩笑,他自己也是玩笑性地说出来,但玩笑背后有着打不倒的力量,祝愿他能实现对音乐的第三次执着!

很多人批评他的单纯与眼泪,但他不怕,他说:"要获得认可,并不能消极地等着别人来理解你,而应该用更好的作品主动出击,扭转乾坤。我们不是好像要大家来宠的小孩子,我们应该是要拿着做得很好的音乐,带着听众往前跑。所以,冲锋陷阵就交给我吧。"单纯的宥嘉小孩,其实坚不可摧!

青春的告别礼

第四辑

缱绻流年

年少轻狂

1. 生日风波

"丁零零……"妈呀,困得想死,恨不得一下子把手机扔出去,就是没那个胆。

是倪哲。按掉,继续睡。昨晚被几道数学题搞到两点多才睡,头痛欲裂。

"丁零零……"老天,直接杀了我吧。

"你吃错药了啊? 脑子有病啊? 精神有问题啊? ! 打什么打,一遍一遍的,烦死了! "睡意全无。

"姑奶奶,今天是老班的课你吃了豹子胆了敢逃课? "

"今天是我妈的课我都铁定心不去了。你就说我病入膏肓了,再不请假马上就要死了。"

"你到底来不来? 不来我上你家去了。"今天他是精神失常吗,从没见他这么积极过。

"得了吧你,像我妈似的。我去还不行吗? "我是真怕倪哲这孩子来我家,让我妈知道还不一巴掌打死我。

我穿好衣服爬起来就跑,慌慌张张地直冲到教室门口发现没有一个人才发觉自己被他耍了——今天是星期天!这个挨千刀的,我灭了他的心都有,竟然搅乱我的美梦!怪不得老妈老爸没有起来上班呢!

"做好死的准备,学校大门口左边的 KFC 见。十分钟不到以后都别想抄我的作业了。"这一招最管用。短信发完,我就开始进店大扫荡。

刚咬了一口鸡腿就看见门口几乎要断了气的倪哲。还好,九分钟不到。

"结账吧。"看到他大眼瞪小眼我有种报复的痛快。

"生日快乐!苏琳。""噗……"整个一口的可乐全喷在他脸上。

上帝啊,我竟然忘了今天是我生日。

第四辑 缱绻流年

"苏琳!你……你……我那么爱睡懒觉就因为你的生日我牺牲了睡眠约你出来!我记性那么差,就因为你的生日我手机上设了七八个提醒!我好不容易跑了大半个街买的礼物就因为你的'十分钟到'忘了带!你……你……"我完全呆住了。不是因为他的话,是旁边唰唰地射来的目光。

没等他说完我就拽着他逃也似的离开了。那天我也不吃亏,拿着倪哲的卡在商场刷了个痛快,等到卡里所剩无几时他的脸色从原本的大义凛然变成了凶神恶煞:"完了,我要回去撞墙。"

"生气啦?"

"没有。生日快乐,苏琳。"他淡淡地一笑,明显在伪装。

"嗯。拜。"最近他一直很奇怪,我也就没多问。

"等一下苏琳,难道今天真的没有想对我说的话?"想说的话?天,这是什么意思?我红着脸赶忙跑回了家。

这孩子果真知道心疼钱,第二天就一副没精打采、垂头丧气的样子。"就这点出息。"我白了他一眼没好气地说。

"我就是这点出息。"老天，小气鬼，他还真生气了。这阵子他是吃错药了吗？以前他可不是这样的。

2."替死鬼"

倪哲是我的同桌兼死党，他除了幽默之外没啥大优点，缺点倒是一大堆，一直坚守在倒数第一的岗位默默无闻，每天大言不惭地吼道："监狱不倒我不学好。"别看他表面上这样放肆，内心其实也在挣扎。这么多年跟他在一块从来没把他当过男生看，当然，他也没把我当过女生。

英语课，是我们一致讨厌的课。我是懒得看到"灭绝"那张阴晴不定的脸，主要是因为听不懂他的课。"灭绝"一进教室我就知道今天又得遭遇"狂风暴雨"了，管他去，我和倪哲照例拿出高科技设备，我非要重温一遍《阳光灿烂的日子》，他只好当了陪葬——他拿着 MP4，我看着视频。

也许是太入迷了，马小军一说他的口头禅"我操"我就想笑。反正戴着耳机也不知道到底有没有笑出声来。倪哲在一旁掐了我几下，我忍无可忍摘掉耳机就破口而出："干什么呀你？"这一吼是"引狼入室"啊，"灭绝"径直走过来。"让暴风雨来得更温和些吧"，我默默祈祷着。事发突然，我还没反应过来"灭绝"就迅速地收走了他手上的 MP4 绷着脸问："谁的？""倪哲的。"我没良心地说。"我就知道是他的，成天混日子。上去写单词。"他一声不吭地上去了不断地回头向我求救，我极其猥琐地让前面的同学传给他一张纸条。

过了一会儿，他一个字没写就黑着脸下来了。"灭绝"让他站了一节课。

纸条写的是：要不回我的 MP4 我跟你没完。

玩笑归玩笑，没想到第二天倪哲的老妈气势汹汹地来到学校后面跟着蔫了吧唧的倪哲，还好，不是冲着我来的，是来找班主任的。原来"灭绝"把歪曲了的事实报告给了老班，还添油加醋地说他上课影响了我的学习，老班又通知了倪哲的老妈。他老妈当着老班的面把倪哲训得狗血淋头，还让倪哲当着她的面给我道歉。当时我的脸那个红啊良心那个不安啊。

倪哲一声不吭地回到座位上，我连忙安慰他"男儿有泪不轻弹，出息点"。他回了句"算我上辈子欠你的"，又恢复到往日的幽默跟我胡侃起来。果然是一好哥们儿。

3. 谣言四起

自从他妈来过学校后，班里的流言蜚语就像瘟疫一样蔓延滋长，不仅传倪哲和我在谈恋爱还繁衍出各种版本：琼瑶的，金庸的，温瑞安的。倪哲一听到这些谣言笑得腰都直不起来，我当时就直接笑晕过去了。因为多年一直没达成一致的协议谁大谁小，所以他叫我姐我就叫哥。

英语课，还是照例和倪哲交头接耳。有时感觉挺对不起"灭绝"的，虽然他教得不咋样人也不咋样，但对我却很好，因为每次我的英语成绩都让他咧开嘴笑。而倪哲在他眼里就一祸害。有一阵子骂人流行"Shit"，我故意刺激倪哲说"就你那英语水平连骂人都逊色"，"你敢在'灭绝'的课上喊一句本姑娘给你当一个月的丫鬟"，话音刚落他就冒出了一句"Shit"。震耳欲聋。我像被当头一棒。坏了，这孩子又捅了大娄子了，我偷偷瞄了一眼，看到"灭绝"那透着寒气的目光正直射到倪哲身上。

恰逢这谣言满天飞的季节，"灭绝"又一次地向老班倒了苦水。完了完了，倪哲这回死定了。上次他妈来学校像王婆骂街一样，这次他妈还不把他活埋了。

但出奇的是倪哲的老妈并没有来学校，一切照常。咱俩地位还是平等，他并没有把我当丫鬟一样差遣。

我还是使着各种小把戏"陷害"倪哲，反正老师多少会偏向点优等生。只不过倪哲变得有点沉默，他一不说话我就使劲地拍一下他的肩说一句"装什么深沉啊"，他笑，但这笑容看起来是那么的牵强。这从来都不是他的风格。

庆幸的是在我生日时他还是给了我一个惊喜。只是总觉得哪地方有些不对劲，说不清，像块石头一般压在心底。他明显不快乐。

但我没有想到我说过那句"没出息"后他就换了座位，更没有想到他也会不苟言笑。跟以前的他相比简直判若两人。

4. 你一定要回来找我算账

第二学期报到时，倪哲没有来。电话打了几百遍都是关机。实在没办法我就跑到他家去找，门锁着。接着几天又去，最后得来的是他们搬家的消息。

这个没良心的，走了也不跟我说一声。

一个月后我收到倪哲的信，来自云南。

苏琳，对不起。你别怨我不声不响地就走了。那一次骂了英语老师之后我妈是硬被我气得心脏病发作，当天就被送到省医院了。我对不起她。这么多年了，我一直都是无知、堕落、轻狂、邪恶的少年，其实也不过是因为幼稚，我的本意并不想让她生气。我的叛逆我的堕落我的麻木让妈妈一度对我寒了心，没

青春的告别礼

有一天不惹她生气的。

　　苏琳，我知道虽然你成绩好，但心里的抑郁比谁都深，你一天不笑都会压抑得疯掉。我们一起疯的日子，我很快乐，真的。可是以后我再也不能逗你乐了，那个年少轻狂的孩子在一夜之间长大了，因为假期的时候妈妈永远地走了。妈妈再也不会打我了，以后再也没人管我了。可是，我多希望现在有人来打我骂我。但唯一难过的是你竟然不记得我们是同一天生日。我一直等待的生日快乐还是没有听见。

　　倪哲，等我们都不再年少轻狂，你一定要回来，你忘了我生日时把你的卡刷爆了吗？你忘了英语课上我怎么陷害你的吗？你不回来找我算账吗？

　　还有，你不知道我记性差吗？自己的生日都忘得一干二净，那天晚上回去想起来我们是同一天生日时你知道我有多内疚吗？第二天我满心欢喜地拿着生日礼物来学校弥补你，你却换了座位。我知道你的不快乐是因为妈妈是因为我竟然在你的千百遍提示下都记不起你的生日而不是因为我刷爆了你的卡，我知道我的那句"没出息"触动了你内心小小的自尊，我知道我的任性、自以为是给你带去了多少麻烦。

　　你不是你妈妈看到的那个叛逆的孩子，真正年少轻狂的人，是我。

年少时的喜欢无关爱

一切都已过去很久了,但行走在一个新的校园里脑海里频频浮现的还是那年一个人孤单的身影,淡漠的表情,坚定的眼神,凌乱的短发,背着包倔强地走着每一步路。永远是一个人,这种影像挥之不去。越想心越空洞,很难受。

那时,不再交朋友,不再看小说,不再吵吵闹闹,疯疯癫癫,不再做一切与学习无关的事。总之,心里满满的都是学习,也许在内心深处还隐藏着一种痛。

习惯地一个人提前到教室戴上耳机做作业,孤单的姿势,面无表情地做题。累了,就抬头看看天花板。经常不知不觉地抬头一看教室已坐满了人。感觉自己早已麻木,除了学习,对任何事都不想再挣扎了。

说不清自己一下子怎么会变了个人,想象以前的自己,觉得很陌生,像是早已死去。而重生的自己也不过是一具只会学习早已没感情的空壳。心,真的空了。

但,那颗心曾经那么强烈地跳动着,为了友谊为了你。只不过一瞬间,它就成了一台机器。

一年了,一切都变了。

青春的告别礼

一年前，我们还是没有嗅到高考气息的"顽劣"学子，觉得青春就是用来挥霍的，可以无忧无虑地玩，可以肆无忌惮地笑，可以理所当然地透支青春，尽情地体会年轻人独有的朝气与活力。而在这快乐中，占大部分的莫过于友谊和朦胧的情愫。

不知道什么时候什么原因我们走到一起。我们一块回家一块上学，那是最享受的时刻。喜欢看你微笑的脸迷离的眼神，喜欢你用心思考的样子，喜欢我做错事时你生气地说我傻丫头的表情。一直分不清这是爱还是单纯喜欢。偶尔和你眼神交错的那一刹那，我也会脸红地低下头来。

可是，一切也仅限于此。我们还是这样不停地走下去，彼此珍惜着。以为这样就是永远以为时间还有很久，但分离来得这么快，快得还没来得及分清这到底是什么，快得还没来得及思考未来，快得甚至还没来得及看清你的脸庞……

高三真的来了，令人措手不及。我看不清你，你也猜不透我。你给我的答案是：我会陪你走过这一段黑暗的时光。而我，却沉默了一年。我说服不了自己忘了你，但我也不允许自己放弃优异的成绩。我不能对自己不负责任，我无法让自己一味地沉浸在你的世界里。没有挣扎，没有犹豫，我选择了单枪匹马，无怨无悔，但心痛却伴随我整整一年。

从我的举动中你也知道了答案，没有挽留，没有哭泣，只问我为什么。我所给的只能是沉默。

从那以后，我们之间也许真的就结束了。我烧掉了日记，剪掉了长发，换掉了漂亮的衣服，最重要的是把所有的感情都埋在了心里最深的地方。我对自己说："等一切都结束了，我就去找你。"

每次看到你我只能低着头匆匆地走过去，表情冷漠。可是，心却在痛着。有好几次，真想放下一切跑过去对你说："我们一起回家。"可是，所有的冲动最后都化作庞大的疼痛，舍不得也要硬着头皮放弃。

从此，我的世界里再也没有你，同样地，再也没有欢乐。只有一遍遍地背书一页页地做题。所有的痛所有的不满都发泄在学习上，这样也许就不会有想你的时间和空间。

高考前一天，脑海里疯狂地闪出这一年自己的决绝和你问我为什么时的表情，我不知道结果会是什么，也许是满意的成绩也许是永远的遗憾。

两夜，连续失眠。

考完英语的一刻，我的眼泪再也止不住。为一年来自己奋斗的辛酸也为自己冷漠地对你的愧疚。

最终我得到了想要的分数，却永远地失去了你的消息。

早已知道结果会是这样，注定要消失的人也没有挽留的必要。

走过了这么多路，如今才发现，这只是单纯的友情，无关暧昧，更无关爱情。只不过那时我们只感性地走到了一起，分开得却如此理性。

不知道有多少人在高考面前放弃了友谊放弃了所谓的爱，以为等一切都过去了再去寻找他，可是，我们并没有。而那个人，也并没有来联系我们。一切就这样结束了。

青春的告别礼

我们的生活还是不停地继续着，甚至我们又有了另一个"他"，偶尔也会想起那个他，无关爱情的他，心里也会隐隐作痛，但也是仅限于此，再也没有去寻找他的欲望。云淡风轻一样，一闪而过。

可是，他却被我们放在心里的最深处，作为那段单纯岁月里的回忆。

越过年少，看见春暖花开

1.

　　我和林莫瑶住在同一个巷子里。林莫瑶一直是个成绩很好的丫头，她经常低着头匆匆地从我家门口穿过，冷漠、高傲。

　　我很羡慕她。

　　因为一次打架妈妈哀求着班主任让林莫瑶与我同桌，据说是近朱者赤。成绩好的大概都喜欢熬夜，她经常在数学课上打瞌睡。我收集很多冷笑话等到每次她昏昏欲睡时就说一个，她被我逗得哈哈大笑后就开始认真听课。

　　正当我慢慢变乖时，班主任把我叫去轻蔑地说："苏琳，你是不是成天找林莫瑶叙话？要不是看在你妈妈的面上我才不会让你和林莫瑶坐一块。"

　　我一下蒙了，我是为她好才费尽心思地逗她开心的，她怎么能这样不讲理？

　　"我没有。我……"

　　"人家是班长又是尖子生难道还主动找你叙话？"还没等我说完班

095

主任就不耐烦了。

　　成绩好就该什么都相信她吗？成绩差就一无是处了吗？

　　林莫瑶，披着羊皮的狼，你怎么能这样？亏我对你那么好。我恨不得自戳双目啊。换座位！主动换！

　　我黑着脸回到座位上，林莫瑶假惺惺地问我怎么了。

　　使劲地装吧。

2.

　　我与同样成绩好的简晓冉成了同桌。她没有林莫瑶的冷漠。

　　简晓冉很要强，学习起来几乎是拼命。我曾亲眼看到她在月考失败后躲在教学楼后一边打自己一边哭泣，看得我都呆了。我不明白什么东西能使一个女孩子如此的自虐。

　　总觉得她心里隐藏着什么。我瞄准了她桌洞里的日记本。虽然经过无数次心理斗争，但那份好奇心还是让我很无耻地偷看了。

　　妈妈的病又严重了，家里真的是揭不开锅了。简晓冉，你死都要拿奖学金！死都要！！！

　　三个感叹号，触目惊心。

　　简晓冉，我一定要帮你。

　　我偷偷地跑到办公室跟老班说了简晓冉家里的情况，老班说他会和班长尽力想办法。突然间感觉自己很伟大。

　　几天后，身为班长的林莫瑶拿着钱递给简晓冉。一旁的我心里极不平衡：明明是我做的好事凭什么都被她揽去了。还没等我反应过来简晓冉对林莫瑶吼了一句"你少管我的闲事"，就脸红着跑了出去留下感到莫名其妙的林莫瑶，同样一脸愕然的还有我。

3.

从小饭来张口衣来伸手的我从来不知道家境贫寒的孩子自尊心是那么的强,单纯地以为竭尽全力帮助他们就是善良。

简晓冉愤怒的表情和吼叫一棒子打醒了我:善良不是一个人的自以为是。

我不知道林莫瑶怎么和班主任交代的,但这一点很清楚:简晓冉对林莫瑶已经是恨之入骨了。当简晓冉指着林莫瑶骂时,我看见林莫瑶一脸无辜的样子心扑通直跳:她会不会把我抖出来?

也许是她觉得上次的事对不起我,一直风平浪静着。

林莫瑶和简晓冉还是冤大头,在学习上争个你死我活。

在这个大家都在奋斗的季节里我突然觉得很孤独。我的底子差,根本学不进去,闷得发慌。

我又开始去上网。偶尔想到上次打架后妈妈低声下气地求班主任多关照我时我就很恨自己没出息,但网络世界有太多引诱我的东西。

我是完全陷进去了,连上学放学都抛到脑后。

有天中午都放学好久了我才想起妈妈还在家等着我吃饭。刚进屋妈妈就冷着脸问我怎么这么晚才回来,我说老师拖堂。

"啪"一个巴掌落到脸上,"我才上街买菜就碰见瑶瑶放学了,还敢骗我?"

"死丫头,我就知道你又去网吧了。"又是一巴掌。

我哭着摔门离去。

林莫瑶,你个浑蛋,告我一上午没去上课我妈打了我你满意了?等着瞧。

4.

我和妈妈开始冷战。

成长的寂寞和差生的自卑让我的内心有无穷无尽的悲伤和空虚。这么憋屈的生活简直让我发疯,曾经的我嚣张跋扈、横冲直撞,哪有人敢这么对我?要是不给林莫瑶点颜色看看我会憋死。我最受不了这种仗着自己成绩好暗地里打小报告的人。

晚自习等大家都走完时,我把简晓冉的笔记撕得稀巴烂塞进林莫瑶的桌洞里,晓冉最在乎的就是那本笔记。冤家路窄,林莫瑶你完了。

如我所料,第二天简晓冉疯狂地把桌洞翻个底朝天都不见笔记。我在旁边提醒了一句:一山不能容二虎。

趁着林莫瑶出去,简晓冉去了她的座位。当着全班同学的面,简晓冉把碎片一样的笔记从林莫瑶的桌洞里拿出来,刚到教室门口的林莫瑶呆住了,从同学的议论声中已知一二。

"没想到你会用这种方法和我竞争!太无耻了!"简晓冉哭着说那是她最心爱的笔记,里面都是她辛辛苦苦整理出来的重点。

"就是,没想到她那么卑鄙。"我嘴里这样安慰着她心里却翻江倒海:晓冉,对不起了。

到此为止,两清了。但我没想到简晓冉会告诉班主任。老班虽然宠林莫瑶,但是非面前还得公正一些。

林莫瑶拿着检讨上去念,每一个字都像鞭子一样抽打在我身上。下来时她狠狠地瞪了我一眼,我吓得连忙低了头。

林莫瑶,这次你怎么哑巴吃黄连了?

5.

和妈妈冷战一段时间后,可能是我脾气太倔,她先妥协了。

"琳琳,你知道那天妈妈等了好久你都没回家妈妈担心成什么样了。我就怀疑你又进网吧了。果然,到了网吧看你玩得正高兴,要不是怕传出去不好我当场就打你了。没想到你回家后还和妈妈撒谎。"看着这么多天被我折磨得一脸憔悴的妈妈我就是铁石心肠也羞愧得不行。

对不起妈妈,还有,林莫瑶。

叛逆的那一季,我眼里容不得半点沙子,不要脸地报复,幸灾乐祸地躲在角落里看好戏。我以为的正确和成熟,恰恰是最自私、幼稚的。

因为我明明懂得林莫瑶已经知道是我偷窥了简晓冉的隐私是我偷的笔记却默默地背黑锅,执拗的我一直都不承认是自己做错了事。

渐渐成熟的我与林莫瑶和好后,我很邪恶地调侃她:"林莫瑶,你说当初你要不跟老班说我打扰你学习我们能弄得一波三折吗?"

"什么?!开什么国际玩笑?"她一脸的无辜。

"打赌。一杯奶茶。"我得意扬扬地说。

去找老班证实结果碰了一鼻子的灰,是数学老师说的。我输掉一杯奶茶外加一个鸡翅,因为林莫瑶威胁我:"臭苏琳,要不是我多次护着你以你妈的脾气早打断了你的腿。"

我就是年少轻狂,自以为是,天生小脾气。退去年少的幼稚和执拗,才看见春暖花开。

滞留在时光里的声音

1.

也许正是因为我嘴笨,才有个好姐妹叫伶俐。伶俐,人如其名,伶牙俐齿。

有一个能说会道、巧舌如簧的朋友,是一件无比威风的事。比如被男生欺负了,她会掐着腰一步并作两步杀到男生面前,像教育孩子一样噼里啪啦说个没完,而且分贝越来越高。被骂的男生惊得一声不吭。班里人最怕的就是跟伶俐吵架,背地里都喊她炸药桶。

但有这样的朋友也是一件很丢脸的事,"形象!形象!"每次都要提醒她。这更是一件危险的事。她有啥说啥,什么都藏不住,每次跟她讲小秘密,她都伸出小拇指:"我要是说出去我就这么大。"结果第二天就在班里传开了。

我曾偷偷地跟她说某某男生很好,仅仅是欣赏而已。但处理我的感情,她却比我还勇敢。她跑到那个男生的班里,命令似的对他说:我们家死丫头喜欢你。人家估计以为她是打劫的。我的这一场暗恋,被她搅得一团糟，就这么夭折。

我气她："你能不能闭上嘴一会儿？少说话会死啊？"

她吐吐舌头："长嘴干吗的？"

但是大嗓门突然败给了一个男生。不是说那个男生比她能说，而是他长得好看。我没有告诉过她，我很讨厌那个男生。我不愿意牵绊她的幸福，悄无声息地从她的生活中溜走了。

我换了座位，主动疏远她。她觉察后，一脸泼妇样冲到我面前：你什么意思？什么意思啊？你干什么啊你？你把我当什么了啊？告诉你：男生都是浮云，闺蜜才是王道！你不点头的男生我看都不会多看一眼！齐刷刷的目光向我这边杀来，我说丫头你抽风啊，心里却无比的感动。

是的，闺蜜才是王道。我们一起上课，一起自习，一起走街串巷寻找美味小吃。坐在一个教室，看着一样的窗外，穿梭在同样的街道，我们讨论共同认识的人、一起听过的歌、一起看过的电影、一起逛过的商场。偶尔到精品店淘到一根头绳一枚发卡都能噼里啪啦向对方炫耀几天，这些都是男生们无法理解的小快乐。

她经常跟我说，passion 是生命的全部，喜欢的事就去做，要不然永远没机会了。

我跟她说，你将来去当演说家得了，我当小说家。

2.

可是在我的记忆里她一直饰演着恶魔角色。

小时候我们住在乡下，玩过家家，她不小心把人家的柴火垛点着了。她嚷嚷着完了完了，我安慰她我不会把这事抖出来的，只要死不认账就行。没敢去叫大人，直到被人发现，一堆柴火快成灰烬了。

那家主人质问:"谁点着的?"我怕她挨打,坚决不说。

"到底谁点的?"我一阵战栗,紧闭着嘴,低着头。

"是然然!"她竟然指着我。我吃惊地看着她,蒙了。还没等我辩解,那家主人几乎连拖带拽把我弄到我妈面前。

我妈一听说我把人家的柴火垛点着了,二话不说,扬起巴掌要打我。那家主人连忙拉住,我以为他要护着我。谁知道他阴险地来了一句:"着了就着了,这没事。主要的是她撒谎。"我妈的脸色已经由灰转黑了。

我哭着吼着说不是我点的,恶狠狠地看着伶俐,满腔愤怒。但她不断地添油加醋,死的都被说成活的。我妈一向英明,那天竟然也不相信我。长大了一些,我跟我妈说起这事,她笑笑,也不晓得她到底是相信没。

我和伶俐每次闹别扭,她都要一路杀到我家。我说一句她能反击十句。我被骂傻了,不知道自己怎么了,天生不会说话,更别提骂人了。她那张恶毒的嘴巴在我心里埋下了很深的阴影,以至于我得了泼妇恐惧症。

后来我学聪明了。无论她说什么,我最有力的反击就是沉默,坚决不理她,除非她亲自道歉。

事实证明这招很奏效,屡试不爽,一直到我们达成协议:不再争吵,一致对外。

我们进了同一所高中,互相抹杀了对方的暗恋。那个夏天那么长,长到好像永远不会过去一样。我们开始住校,伶俐是宿舍卧谈的主角,把她演说家的潜质发挥得淋漓尽致。

但演说家和小说家的梦想死在高考的魔爪下。

3.

她退学了,我复读了。

突然静下心来学习，我才发现沉默并非一件坏事。她淡出了我的生活，我不知道她和什么人交朋友，不知道她有没有学会喝酒抽烟，不知道她有没有遇到一个沉默的闺蜜，不知道她过得快不快乐，甚至不知道她为什么不想继续上学。

从以前的同学口中隐约知道她谈朋友了，脾气也变了一些，我吓了一跳。心里很害怕，害怕有一天我们会变得生疏。

我很少和她联系。可我在学校里受委屈的时候，还是第一个想到她，在电话里哭得昏天暗地，她听完火速赶来。远远地就听见她喊：受委屈想到我了啊？平时连我电话也不接。死丫头你跟我耍什么臭脾气，这么长时间不搭理我。看，出事了还想着我吧。

她像个轰炸机一样滔滔不绝，嘴还是这么恶毒。

我说你怎么一点没变，还是这么能说。

她摆出自由女神的姿势："为沉默的人类伸张正义。"

岁月不宽宏。复读的时光，飞快地奔跑。隐隐地觉得高考后自己会走得很远很远，心底的不舍，宛如用头发打成的结，套不住兔子的尾巴。

我上了大学，大部分女生都捏着声音说话，蚊子似的。再也没人在我面前手舞足蹈、唾沫横飞了。

寒假回家，一见面我就跟她说个没完没了，她却细声慢语的。我问她怎么面黄肌瘦的。她笑着说她在减肥，消瘦就是追求，骨干就是力量。她要变淑女。

我面前这个大大咧咧的假小子，瞬间变陌生。

4.

我们不在一个城市，尽管通信那么方便，但很多东西是无法通过简单的声音来传送的。我们不可能每时每刻都给对方发短信,询问你在做什么,不在一个生活圈子,会有很多隔阂。

高中的同学都疏远了,我很害怕我和她也如《独自等待》里的陈文所料:就这样看着他们从你身边来了又走,等你真的回头的时候,并没有谁还在原地等你。

又一次放假回家,我拿着我写的小说想跟她炫耀,想问她还记不记得那个约定。我跟她打招呼,她远远地看着我笑。是泼妇路线改成淑女路线了还是岁月真的是把杀猪刀? 很失望,想象中她应该破口大骂:"你个挨千刀的终于回来了啊。"

既然这么淡漠,那么约定的事也早九霄云外了吧。回家我把杂志扔进了柜子里。还是按捺不住去她家找她。我习惯性地沉默,她也只是笑。我奇怪地看着她,她也奇怪地看着我。她妈妈见我来了,拉着我的手,替她辩解说其实她很想我。

我转身看着她。她依旧笑着,恍如过了一个世纪。

她真的是蜕变成淑女了,低着头,不说话,只沉默,文静了许多。即使被欺负,被侮辱,被责骂,她也安静地站着。

我越来越觉得她的笑容很美,以至于我都忘了她曾经的大嗓门。倒是我,不知怎么了,像是刚从牢里放出来,十几年没说话似的,在她面前唧唧喳喳不停。

"为沉默的人类伸张正义。"第一次觉得语言真是魅力无穷。

我们一起去看海,她欢快地笑着,有着不可磨灭的孩子气。忽然觉得她并没变多少,反正人们的大多数语言都是废话。崔健在《花房姑娘》里面用他嘶哑的嗓子唱道:"你问我要去向何方,我指着大海的方向。"那天她没有问我,但我还是朝着大海把嗓子吼到嘶哑:伶俐,你要当演说家,你要当演说家……

我去上学前,她送给我一张 CD,指着上面的一个曲子让我听。

我在火车上打开电脑插入 CD，《你离开南京，从此没人和我说话》，从始至终，没有一句歌词，悲伤到无声。

突然觉得火车加速了，落泪无声。

5.

是的，她和《钢琴课》里的艾达一样：活在无声的世界，拥有黑暗的技能。落榜后她说她在家练习当演说家，寒假她说在减肥，我竟然跟我妈一样对她坚信不疑。其实那是长期过度大吼导致严重的声带症结，不能大声说话。癌变后，渐渐失去说话的能力，直至只会微笑。

第四辑　缱绻流年

倔强

当我和世界不一样那就让我不一样 / 坚持对我来说就是以刚克刚

高三，整整的一年我只用一个牌子的笔芯，就像孟琪一年只听一首歌——《倔强》。

不知道那一年怎么搞的，对任何事都偏执得近乎发疯。

孟琪的思想很纯净，纯粹到没有一丝杂念，什么都进不了她的脑子，干什么都全身心地投入。她就是那种疯狂起来八头牛都拉不回的人，也许正是因为这份倔强她才会从落后的名次中跃进华师大。

真正的倔强，是一件难事。那么坚持，就是一件可怕的事。

高三时，也许跟风随大流我们才能找到安全感。但可怕的是集体的堕落，能坚持住的很少，所以最后成功的也就那么几个。记得快高考时，班里被各种浮躁的气氛笼罩着，写同学录、拍照片、聚餐，随波逐流是那么容易。我和孟琪背着书包像逃离瘟疫一样从那种麻木中逃出来。天气闷热，我们点了一杯可乐在"休闲时光"看了一下午的历史书，离开时看到店员愤怒的表情和杀气腾腾的眼神，我和孟琪很邪恶地挤眉弄眼。想学习、能坚持，那么，谁还能阻挡得了。

倔强很难，但倔强会让很多事迎刃而解，比如烦躁比如杂念。

倔强的小孩，只要她认为有些事值得去做，就会排除一切杂念和欲望，把整个人投入进去，不问为什么也不管会遇到什么困难，全力以赴，无所畏惧，一直走一直走，绝不回头，闷着头往前闯，不惜一切地拼下去。

记得老班说过，这样的人最能成功也最容易失败。不过只要她选对了方向，就很难被打败。

最美的愿望一定最疯狂 / 我就是我自己的神在我活的地方

我和孟琪在高二时玩得很野，每天疯疯癫癫，成绩放在全校中都没影。高三，咱们一下子郑重起来。它仿佛是这几年的浓缩，咱们要与所玩过的时间所挥霍的青春来个彻彻底底地清算并且把所丢失的时光加倍地补回来。不相信神话不相信规则,以倔强为伴,一头扎进高三的海洋中来个破釜沉舟背水一战。因为过去舒坦够了,这时就要对自己狠点。

那么多的高三小孩整天迷茫、空虚、忧愁、寂寞、装忧郁装伤感,以为世界上就他一个人最痛苦,以为就他一个人的高三最黑暗,以为就他一个人的青春最忧伤。谁在青春里没有点小忧伤?谁在高三里没痛不欲生过?无论多么优秀的学生,都有着相似的轨迹同样的困惑。能走过来的,不风光,只因为内心的倔强,一切都变得平常。

和大多数高三小孩一样,有段时间我特沉迷于咖啡,经常喝得心里发慌,感觉都要得心脏病了,每天有气无力。那天当我习惯性地去冲咖啡时,孟琪一下子冲过来夺走它,执拗的目光透出怜惜:"身体是革命的本钱。"我戒掉了咖啡。因为咖啡带来的清醒看似使我拼命学习、忙忙碌碌,其实不过是装给别人看然后安慰自己的把戏。

现在才懂得咖啡带来的不只是清醒,弄巧成拙,还会有麻木。能使我们清醒的,只有自己。能让我们膜拜的,也只有自己这个神。

我和我最后的倔强握紧双手绝对不放 / 下一站是不是天堂就算失望不能绝望

高二底子差,高三月考失败成了常事。我和孟琪无数次地躲在教室后的树林里哭泣,觉得咱们都活不下去了。一次算了,两次,三次,折磨人的神经,能把人的精力和希望全部耗尽。

哭得再怎么惊天地泣鬼神灰暗的成绩也不会因此而闪光。记得最绝望的一次是名次一下子掉下来几百名,真是走投无路了,俩人哭得那叫一个惨,不如一头撞死算了。孟琪在一旁安慰着:"走投无路,那么,丫头,咱们拼了,硬着头皮往前闯了。"

我说好吧,尽吾志而无悔矣。孟琪劈头盖脸给我一棒:竭尽全力算什么,像咱们这种没底子没实力的人必须全力以赴。只许成功,不许失败。

我知道上高三后她一直都玩命地拼。中午其他人都走光了,她雷打不动地戴着耳机埋头做题。耳机里只放着一首歌——《倔强》,那是她内心的声音。

坦然吧,我对自己说。波澜不惊,从容面对,来自于对信仰的盲目依赖和信任,因为偏执,因为倔强,因为无所畏惧,因为那个死都要走下去的决心,所以,坦然地活在压力和恐惧中。

高考,它就是场赌注,勇者不畏赌,咱们就赌到底。反正被逼上绝路了,满身是伤能怎样? 鲜血淋淋又怎样? 踩死痛苦,踩死压力,踩死胆怯,踩死没来由的恐惧,然后踏着它们的尸体坦然地走过去。

坦然中,握紧拳头不放。恐惧中,带着倔强前进。就算失望也不绝望,这么一路走下去,还有什么好怕的?

我和我骄傲的倔强我在风中大声地唱 / 这一次为自己疯狂就这一次我和我的倔强

这句歌词是每次月考前我和孟琪必一起唱的,高考也不例外。等待进考场时我和孟琪大声地吼,害得很多家长侧目,她还是照唱不误。我说丫头你疯了。

她说这是最后一次了。我知道她说的什么意思。

既然这样,要疯咱们一起疯吧。

确实疯疯更健康。

身心都已经受到那么多的伤害,背后潜藏着那么多的辛酸挫折,疯一点,才能刀枪不入。

　　疯癫,这也是倔强引起的。它的好处就是逼着自己前进。任性与洒脱谁不会,来一点暴风雨就躲在避风港里不敢出来又能成什么大气候。

　　孟琪,她是倔强的化身,也是我的伙伴、我的死党、我的守护神、我的精神支柱。什么哭泣、愤怒、悲观、绝望,她带着浑身的倔强拉着我一起从黑暗中一口气跑过来了。

　　人,一旦倔强起来,连鬼都挡不住。

第五辑

高中学习

学自己想学

1.

在高中,很少有人知道大学专业的重要性。几乎所有的高中生都认为高考考好了什么事都不用管了。高中的时候,很多人和我们说专业有多么重要,但那时拦在眼前的是高考那堵墙,其他的一律看不见。

说实话,填志愿的时候我就是一个白痴,什么都不懂,搞不懂那些专业都是干什么的,更恐怖的是,网上铺天盖地的信息都不一样,这个人说那个专业热门有前途好就业那个人说这个专业不行过几年后就成了冷门,本来就一窍不通的我被弄得更是一头雾水。我只知道我喜欢文字工作,我想实现潜藏在内心的文字梦,我想和一些喜欢文学的人交朋友,我想在大学里和那些上知天文下知地理的同学一起侃侃而谈,我想静静地写字、编一些自己喜欢的书,但我不知道我的这些喜欢和哪个专业挂钩。中文系? 这是我唯一知道的,但这个并不是具体的专业。我翻遍了报考指南都找不到中文系在哪里,只有一些细小的分支:汉语言文学……现当代文学……指南里的经济学、管理学、机械工程什么的一看就头痛,想想一辈子就窝死在那些领域浑身都毛骨悚然(那时还不知道大学里可以转专业）。

　　填志愿前自己倒没有觉得它有多么重要，只是心烦，一会儿这个人说英语和会计热门，一会儿那个人又否定。对于一个一无所知的人来说，哪怕是谎言她也奉之为真理。当再有一个人在一旁叽叽喳喳时，这些真理又成了谎言。反正填志愿那会儿就是这么个坏状态。说白了就是一会儿被这个骗骗一会儿被那个骗骗，自己就像个傻子，还觉着他们说得头头是道。是选自己喜欢的还是选热门的？模棱两可，纠结至死。如果说高考拼的是长期的积累，那么，填志愿拼的就是智慧和果断。

　　那会儿语文老师和我说："女孩子一定要到外面生活一段时间，尤其是沿海城市，看看外面的世界再回来，思想一定要开阔，一定要有修养有气质有文化，活出自己，做自己想做的事，不要局限在'嫁个好人家过一辈子'的传统思想里出不来。趁着年轻，一定要出去看看，要不然永远窝在小城里日复一日地过着，到老都不知道外面是什么样子。"印象中，他和我的谈话一直是这个文章怎么样那道题如何答……从来没有出现过将来要做什么以后怎么办之类的。觉得自己要为自己的将来考虑了，而将来怎么样，生活在哪里做什么工作，完全取决于填志愿的那一刻。当时感觉责任很大，一不小心就可能把自己的一生给毁了。好不容易考的分数，苦了这么多年，到手的分数不能这么粗心大意地浪费掉了。

　　永远忘不了那次谈话，我们像朋友一样谈论着将来、职业、兴趣，老师为我指导着人生。我的世俗生活可以说是空白，社会上的一切都不懂，而且目光短浅，将来是个很遥远的事。很多很多话题都是我埋头苦读时没有接触过的。但突然间就这么赤裸裸地选择自己未来的路，真有点不知所措。老师耐心地帮我分析，虽然他也像其他老师一样举出很多热门的专业好的城市，但最后还是说了所有报志愿的孩子最不想听的一句：结果要你自己决定，我说的只是个参考。

　　当时最希望的是有个人神不知鬼不觉地把我的志愿填好提交算了。

很多同学也被弄得心烦意乱，大家都一样，平时只顾着学习，谁有闲心每天看报考指南，一句话：我们除了分数什么都没有。家里大人不断在后面催着："一定要选热门的好就业的专业啊！"更可恶的是妈妈还专门打电话联系老师问问什么专业好，在她眼里，女孩子学医或者当老师最好，大学毕业找个安定的工作回家安安稳稳过一辈子多好。"学医啊，上师范啊。"一边是自己的不情愿，一边是父母的期望，第一次知道还有比高考更让人觉得生不如死的事。

炎热的夏天，心情本来就烦躁，家里还是不停地唠叨："不想学医，那就上师范吧，师范好，当老师是个铁饭碗。"再这样下去我真的就被逼就"范"了。我收拾收拾转移阵地，跑到了同学家，到学校门口又买了一本志愿指南，从头到尾把和自己兴趣沾边的专业圈出来。

"女孩子一定要到外面看看。"上海？杭州？广州？……灵感突然来了。既然对我来说做自己不喜欢的事比杀了我还难受，那么，也就是专业最重要，学校次之，城市最后。内蒙古大学、云南大学……一本院校里挑来挑去没有一个适合的，要么专业不对口要么城市太偏僻，好学校好专业吧，分数又不够。是上个好学校里的差专业还是上个差学校里的好专业？这几乎就是逼自己马上做出决定，因为报考就那几天。

我知道自己做任何事都很纠结，举棋不定。很想依靠别人，很害怕后悔，很担心自己选错了路。但关键时刻自己还是自己的主人，我们是去学校统一填的志愿，填志愿的前一小时我还在老师办公室里纠结到底填哪所学校，估计那几天他也快被我折磨疯了。

因为是平行志愿，一本志愿里随便填了几所"高不可攀"的学校，就差没填北大清华了，已经下定决心上个二本院校里喜欢的专业，那就让自己死心吧。编辑出版专业，杭州，虽说不是名牌虽说对不起自己的分数，但有专业和城市的奖励已经足够了。没有名校的光环，但我想大学四年我会过得很快乐。

填完了觉着比高考结束了还轻松，真的有种把自己的一生定性的感觉。欣喜的是，这条路不同于高考，它是自己亲手选定的，不管热门不热门，不管就业率如何，总之，自己深深地喜欢着。至少，没有后悔的那一天。至少，我兑现了"女孩子一定要到外面的世界看看再回来"这句话。

大学报到的第一天，碰到一位同系学姐，一旁的妈妈焦虑地问"这个专业在这个学校怎么样，让她上师范她非要选这个专业"，我已经做好了她又要数落我不听话选错专业的准备，没想到学姐安慰妈妈："阿姨你别担心，我们这个专业的就业率去年在全校排第一呢。"我的天，感觉比中乐透还兴奋，豁然开朗，顿觉前途无量。

填志愿，在高考的征程中算是小小的一笔，很不起眼。但它惹出来的麻烦让你在大学里怎么都收拾不干净。如果你不知道大学有多少专业不知道哪些热门甚至不知道专业是干什么的，那就认准一条：学自己想学的。

专业，好不好，取决于个人。每次碰到有人吓唬我"编辑出版专业不行"，我就安慰自己：人家学考古系的还学得津津有味呢。不行就不行，重要的是我做着自己喜欢做的事学着自己感兴趣的知识，这样的四年，积累的快乐一生都用不完。何况，只要自己有本事，每个领域都能出人才。

进了大学才知道，原来那么多人讨厌自己的专业，本来考个不错的分数，却被专业围困着，闷闷不乐。大一没有什么专业课一眨眼就混过去了，等到大二才开始发觉自己进了死都不想学的专业已经晚了。

在大学里，专业知识必须靠自己自主地学习、探索和实践，高中学自己不感兴趣的也许会学得很好，那是因为有人引导着，有高考逼着。但大学里没有人引导你，除了上课根本见不到老师，更没有人逼你，自由得无所事事。大学老师给的只是大方向。只有对某个专业充满激情，才有可能为它废寝忘食，也才能从中得到快乐。

其实真正了解这个专业才发现与当时想象的差得很远。编辑出版专业，乍一看真的就只是当编辑。但编辑出版需要的是全能人才，学的是大杂烩：新闻传播、校对、图书营销、出版研究等。一本书的诞生就像一次创业，大二上学期的期末考试就是交上去一本自己编的书，选稿组稿排版校对一系列流程都是自己操办，搞定好拿到打印店打印装订就OK，期末考试就这么结束了，想想觉得还是挺好玩的。不过其他专业也不错，比如艺术类专业期末考试唱唱歌跳跳舞就轻松度过，比平时还刺激，因为平时太空虚太无聊了。

填志愿前千万不要把希望寄托在转专业上，大学里转专业很恐怖，大一就要努力学好选的那个专业，只有本专业学好了才有资格转到其他专业，而且竞争残酷。就算转成功了也比其他专业少学一年知识。看到那些大一就拼命地到处打听准备转专业的学生我就感叹：幸好那时没听大人的话。更庆幸的是这个专业没有让无数学子尽挂科的高数，"高数，学不学，考试都不会，考试写不写，到最后都得挂。"这是一个理工科孩子的签名，顿时觉得自己活得太轻松了，有种罪恶的感觉。大二之后很多专业课扑面而来，学自己不感兴趣的东西，而且是和一群对这个专业很痴迷的学生一起，那种滋味用一个转专业过来的同学的话就是：在那群"疯子"中觉得自己就是个外星人。除了逃课，除了期望着赶紧毕业人生就只剩下后悔了。

到网上浏览了招聘编辑的广告，大多是要求本科及以上学历，文字功底好，新闻、中文或其他相关专业。笑而不语。又一次体会到听到学姐说"这个专业就业率去年在学校排第一"时的感受：豁然开朗，顿觉前途无量。虽然也有人不看好这个专业,虽然老班第一天见到我们就说"你们将来都是去卖书的",但一直到现在,我都没有后悔过。不管听到多少人说"这个专业就业不好",我依然沉浸在自己的喜好里默默地努力着,做着自己喜欢的事,学着自己感兴趣的知识。编本书,写写文,看看书,讨论讨论文学,就这么简单快乐。如李开复在他给大学生的"第三封信"中谈到他在大学期间放弃了不感兴趣的法律专业而进入热爱的计算机专业。

兴趣可以培养,当初我讨厌数学,讨厌到看见数学书,就想撕掉(现在想想还是觉得讨厌),但一切都因为高考因为那句"到大学就自由了"骗人的话,努力地去学去探索。填志愿,看似简单的事,却可以从中看出一个人的理想与坚持。这样的坚持就是一直藏在内心的兴趣点,关键时刻,稍微露出一点光芒都能穿透所有的迷茫和黑暗,为你指引方向。

在一个喜欢的城市,做自己喜欢的事,追求向往中的生活,简单、快乐,这也是为什么两年后仍然能清晰地记得那句话:女孩子一定要到外面看看再回来。真实地体会过后,才领悟到当初他说这句话时的良苦用心。当然,要感谢的还是一直很毛躁很不淡定的自己在填志愿的那一刻做到了临危不乱。

学好专业课,大三再像当初填志愿一样选一下学校大四考研,选来选去,我想我还是不会偏离文学这个方向,因为那个兴趣点已经刻在了内心。不管到了什么时候它都能泛出光芒,如启明星一般。不管怎样,说到底,填志愿,最终是自己一个人的事。套用一句老掉牙的话:最终做出决定的还是你自己,别人的建议只能是个参考。

别被尖子生迷惑

"没有人能随随便便成功"，浅显的道理，但很少有人能真正体会，尤其是当别人成功而自己失败时。每个班里大概都会有一两个这样的尖子生：平时不见他怎么用功，成绩却高得吓人。一次也就算了，但不论有多少场考试人家都是雷打不动地优秀，而我们不管有多么努力不管付出多少心血成绩依旧平平，时间久了，嫉妒和抱怨也一点点地滋长：为什么上天这么不公平？为什么努力了却得不到回报？还有更可怕的想法：他们的成绩肯定有猫腻。

我也曾经天真地把那些尖子生当做天才来仰慕，固执地认为人家天生就是学习的料自己再怎么努力都赶不上，人家的优秀似乎是一种习惯，而自己的平庸都是命运的安排。

但当自己走完这些路才懂得：表面有多绚烂，背后就有多残酷。

这是那个考进华师大的朋友教给我的。而我，却用了整整一年的时间才真正明白。

她属于那种别人玩她跟着玩别人学习她还在玩的类型，每次考试前我们都猜测：她这次肯定完了。但成绩一下来第一还是她。于是很多同学都有意无意地开始模仿她：明明自己在思考着数学题看她在做英语也

青春的告别礼

118

非要在这个时候换过来,她看什么参考书自己也去买她不听课自己也不听课,她开始超前做题自己也不甘落后,甚至她玩自己也玩……一句话:一切都向她看齐总该可以了吧。

可事与愿违,结果比原先还糟糕。

这都是注定的,因为那些人模仿的不过是一些表皮。试问一个人的思想、野心、意志、背后的努力能用表面现象来衡量吗?在班里她确实不像个好学生,上课不听课,数学课看柯南,语文课看小说,政治课看报纸,下课疯玩,晚自习塞着耳机一直到放学,偶尔还逃课。大家几乎默认:她不努力照样可以拿到好成绩,而我们都是笨蛋,学死过去都考不过她。

和她相处的时间多了渐渐地发现一切都不是表面上的那么简单。

高三刚开学,上一届的光荣榜贴出来了,她指着华东师范大学说:"来年,它旁边的名字就是我。"一旁的我接过话茬:"来年,我就可以在武大漫步。"也许是年少轻狂也许是心高气傲但更多的也许是自不量力。

第一次月考,她离华师大很远,我离武大也很远。我在班里哭得稀里哗啦,她倒是很平静,不断地安慰我。

事后,我和她依旧在讨厌的英语课上发发牢骚、评论评论英语老师。

某天班主任突发奇想弄来一个条幅让我们把理想中的大学写上去挂在黑板上方,我用力地描出了武汉大学四个字,但心里留下的痕迹却很轻。她很低调,写了三个字母:HSD,连署名都没有。当时我还笑她怎么这么没自信。

没想到第二次她拿了个第一,我还在原地踏步。思前想后,我找不出她哪一点儿比我强,只有告诉自己这一次是她走运。

谁知此后她一发不可收拾,几次模拟考都稳居第一。我想不出为什么,明明都是一样的努力。隐隐的不公平感在我心里滋生。

我变得很愤青,觉得自己的努力就是徒劳,动不动就抱怨这个世界

119

多么不公平,越来越不相信付出自有回报这句鬼话。

也许是同病相怜,我和那几个平时很努力但成绩平平的同学走得越来越近。物以类聚,当我向他们抱怨世道太黑老天无眼时,他们激动地握着我的手说道"知己啊知己"。

一群愤青聚在了一起,除了怨天尤人还经常在班里煽风点火:她是天才,我们没法和她比。这句话得到了很多同学的响应,尤其是那些曾经模仿过她的。

我渐渐地在"自我安慰"的环境中沦陷。成绩没有起色怨气倒增加了不少。武大已经变成了一个模糊的影子,一点一点地从脑海中脱离直至消失。

五月模考,我"如愿以偿"地不再原地踏步,因为连维持现状的资格都没有了。

突然觉得自己已经前功尽弃。全身的无力感让我连说出"不公平"三个字的勇气都没有。两天没有去上课,不知道该怎么办。

最终还是抱着破罐子破摔的心态重新走进了教室。迎面而来的是她恨铁不成钢的表情。我没有理她。

她把我叫出去。这些日子以来,我们第一次放下偏见面对面地交谈。

那天阳光很好,她的语气很轻。

她说高二暑假她是在数学题海中度过的,下狠心在外面租了间房子,炎热的天气,没有空调,风扇吱呀吱呀地转着。她挑灯夜战,挥汗如雨,越是苦她越觉得悲壮,那么她越是不能哭不能认输。一个月的时间,一本厚厚的数学习题从头至尾做了两遍,一题不漏,几本教材从头至尾看了不下三遍,什么类型的题没见过。当那些不了解情况的人说她是数学天才时她感到的只是悲哀。

她说第一次月考失败把她打击得接近崩溃,但她不在班里哭,懦弱给谁看? 让自己的心变死,就感觉不到失败的痛,自己默默地坚强着承受着，然后加倍地努力下次考试加倍地补回来。慢慢地，心底藏匿的恐惧便化为前进的动力。

她说她讨厌英语，但她无时无刻不在强迫自己学英语，"兴趣是最好的老师"，但是如果没兴趣那高考岂不是要完了？讨厌它，有本事就学好它。否则，你没资格骂。

她说她的华师大梦想，从那天看光荣榜时就刻在了她心里，从没改变过。但她不张扬。心累了就看看横幅上的三个字母：HSD，内心所有的软弱便一扫而光。

她说那些只会羡慕别人辱骂命运的人根本不懂得什么叫努力，只有真正付出过的人才会懂得优秀背后隐藏着什么。一路顺风，不过是表象，究竟拐了多少弯哭了多少次流了多少汗谁又能知道。

她在天台上一直坐着、说着，我恍若在梦中，什么都没说，只觉得无地自容。

看看天空，突然觉得自己好渺小好幼稚好可笑，空怀着一腔不切实际的雄心壮志，自以为是，然后在一次次的失败中不断地嫉妒别人埋怨老天。

我以为我很努力，我是真的努力了吗？只不过是在装成很努力的样子。蒙蔽了别人的眼睛也欺骗了自己。

我以为高三的世界里只有我最痛苦，跟她相比，我的那些小忧伤小苦恼真的太娇情，受了一点伤就郑重得不得了，以为自己是英雄。

我以为我的努力和回报永远不成比例，不过是想用口头上的努力和自信来掩盖心虚和自卑。

我是真不知道她一直在拼命吗？她那天写 HSD 三个字母足足用了一分钟，笔触很轻眼神却很坚定；数学课不听是因为老师教的内容她已经烂熟于心还不如看看柯南锻炼一下思维能力；她晚上塞着耳机不是在欣赏音乐只是为了躲避周围的噪声；偶尔的逃课是因为太疲倦了根本看不进去还不如好好地休息,疲惫不堪地做题等于虚度年华。我只是不愿承认罢了。

我是在逃避,在安慰自己。我们都在安慰自己。我们嘴里吼着"不公平",内心其实在骂自己不争气。

可笑的是,借口多了,连自己都会被蒙蔽。她的微笑和优秀让我们误以为她前进的道路布满鲜花,近看才知道,那是荆棘。而她,满身伤痕。

没有天才,只有努力的疯子。只是明白得太晚。

高考后,她去了华师大,而我,低着头走进了复读班。清楚地记得她来拿录取通知书那天,一直都顶着鸡窝头穿得毫不讲究的她梳了整齐的短发换上了时尚可爱的连衣裙,手里拿着红红的通知书嘻嘻哈哈地和同学在学校大门口说笑,刚从书店出来抱着一大堆复习资料的我看到她时,偷偷地从旁边绕过去迅速地逃离,除了狼狈什么都不剩。

我很清楚,那张通知书沾了多少眼泪浸透了多少多少次汗水承受住了多少次失败的打击,华师大,三个字,熬去了她多少个日日夜夜,华师大,三个字,她在心底默念了多少回。但我们看到的还是平时她自信的笑容和满身的光环,而她背后的辛酸和挣扎,谁也没有在意。

一年的时间,我的目标从重点到二本再到什么都没有,我也会记得那天她拉着我去看光荣榜,她指着华师大一脸认真地说:"下一年,旁边的这个名字就是我的。"我的梦想呢,不断地被吞噬被消磨,终于等到激情不再、勇气不再甚至连原先的自己都不再的那一刻才衍生出后悔与自责,哭泣都已经无能为力。

我一直安慰自己:我比她努力。但潜意识里,我却很害怕很害怕,因为她的霸气、坚定以及她在背后默默流下的汗水都足以让每个说她是天才的人胆战心惊。当失败已成事实,我才醒悟:别人的光鲜不是你看到的那么简单,所有的抱怨和羡慕都是让自己越来越麻痹的借口,可是借口不过是失败者的避难所。成功者,不去寻找借口,只去寻找出口;成功者,眼睛盯着的不是别人装出来的表象而是暗暗地和别人在背后较量。

尖子生,多么耀眼多么光彩。但曾经那么自信、乐观、风光的她却说她死都不要再回去,因为荣耀背后的每一次哭泣每一次绝望回想起来都令她胆战心惊。

尖子生,从来都不是看到的那么简单。

与数学死磕

唱一首歌,有时候并不是为了欣赏它的美妙,而是因为它带来的无穷力量,为了很多个绝望伤心的日子里重新涌上心头的甜蜜,为了那些台灯下一去不复返的执着和倔强。

高三的生活,波澜不惊。但就是因为这死水一样的平静才会让内心躁动不安。在这场看不见尽头的征程上,不知道下一秒会发生什么。物竞天择适者生存,就这么简单。即使有人陪你自习有人为你解答难题但没有人能把你从自己的心结中拯救出来。

内心强大的人,往往都有一个让他无时无刻不在默默坚守着的信仰,不论前方的路有多么崎岖有多少阻碍他也会不顾一切地走下去不论身边有多少鄙视和嘲笑的眼神他也会紧盯着信仰不放,不管怎么样,不管外界发生什么,他都会在内心放声歌唱。

我的信仰始于数学。一直以来数学都是我的致命点,它也许是大多数文科生的短板尤其是女生。每次考数学我总是会紧张得一塌糊涂,心跳得不知所措,考试一结束又无比地痛恨自己没出息。明明开考前告诉自己一定要分配好时间一定要细心什么的但等拿到数学卷子还是控制不住自己。无论大考小考只要是数学我就完了,难题不会做容易的又看不起。

　　班主任每天絮絮叨叨地说数学英语是你们的命啊。数学? 英语? 看看自己:英语不出众,数学几乎倒数。完了,莫名的恐惧感压得我喘不过气来,但又无能为力。

　　还是不得不向自己的仇恨心理妥协,我极不情愿地找到数学老师问他该怎么办,大概他一直都看不惯我们这些数学低能儿,随手拿了一本厚厚的习题册扔给我说:"把它从头到尾做完再来找我。注意是从头到尾、一题不漏,不会的可以来问我。"我一下傻眼了,好不容易拉下面子来讨教,他就这么打发我? 具体的方法呢?

　　也许一直以来对数学的恨意转移到了老师的身上,我回教室就把书扔到一边了。但那种恐惧感还是一点点地袭来,挥之不去。人家高考数学一下子就可以比你多几十分,数学不好高考不是没有希望了? 高考没希望这么多年不是白用功了? 那这辈子还不就完了? 那我这日子过得还有什么意思? 我还在这挣扎什么? 天要亡我啊,我的人生竟然会因为数学而绝望,没想到一个数学就要了我的命。

　　我连忙斩断思绪奔向"数学牛人"呼救,谁知她比数学老师还拽,"我又不是你我哪知道怎么办。"一句话把我弄得哑口无言尴尬无比。

　　无法依靠别人,信仰会指引方向。拽你的去吧。第一次感觉自己一无是处。

　　其实总归还是数学。真的是一粒老鼠屎坏一锅汤。

　　已经是欲哭无泪了。我又从书堆里扒出数学老师给的书,半信半疑地翻着,随后在扉页上写了一句话:要是做完了毫无用处我再找你算账。

做不下去啊,以前养成的坏毛病让我一看到容易题就想跳过去看到难题就心烦。最头疼还是在做题的空隙中莫名地走神莫名地想哭,一看到它就想吐,突然觉得自己这辈子注定是没出息了。

逼自己一次吧,就一次。数学上去了一切都会好起来的,像是和自己讨价还价似的。我下足了决心:一定不能让数学拉分啊。

我不再寄希望于等到某时某刻心情好了再去静下心来看数学,已经明摆着的了:任何时候看到数学我的心情都不会好。不能心如止水那么我就在紧张中前进,反正我要的是目的。

晚自习做数学题,中午看数学书,星期天总结数学。先按部就班地做那本书,逼自己不跳过容易题不放弃难题,开始认真读题开始摸索思路开始平复自己狂跳的心脏。哪儿有我哪儿就有数学,觉得自己真的是陷进去了,已经无可救药了,不疯魔不成佛了,誓死和它死磕下去了。

怕,终究还是要一个人去面对的,除了自己,这个世界上任何人都不会拯救我的也拯救不了我。咬紧牙,过去了,一切都好。

免不了看到题就心烦意乱,我就一边做一边在心里不断重复着:死都要把它提上来。

不去想这种方法有没有效,只想兢兢业业地做好一件事,只想按时、按量完成,只想尽力去做给自己一个交代,只求问心无愧。

还是不停地拿信仰逼迫自己鞭策自己,我要成功,天崩地裂我也要成功,下一秒就死我也要成功,谁都不能阻拦我,我答应过自己绝不后退,我不能对自己食言。我忠诚的只有我的心我的信仰,我要提高数学我要赢得这场比赛我要成为自己的英雄。我不要当失败者,我要做英雄。

同桌说我不是在做题简直就是在发疯。

我说这都是信仰惹的祸。

脱胎换骨,一个月的时间就足够了。渐渐地尝到了甜头,自信心渐渐地重建,也懂得了什么叫真正的努力。一本厚厚的习题册,满是涂鸦,各种颜色的笔迹,各种解题思路、方法、捷径。当我把这份"杰作"交给数学老师时他吃惊地看着我:"这么快。一题不漏?"

"请您审阅。"也许就是从这时起数学老师对我"关爱有加",经常神不知鬼不觉地拐到我的座位旁检查他发的数学卷子!

当数学老师高兴得像个孩子似的告诉我的数学成绩时,我才让自己相信有时候不是别人打败了你,而是自己打败了自己,并且你还不承认是败给了自己。数学差,是输给自己的眼高手低输给自己的不自量力输给自己的意志不坚。

还有,更多的是自己没有足够的信心去改变。当自己渴望提高数学渴望到发疯的时候,一切都就成了。发疯的力量,就是信仰的力量。

高考考数学时,自己出奇的平静,我一度不相信这是我。虽然看到难题自己还会不由自主地紧张、害怕,但平日的努力和信念不断地逼着我面对恐惧,抱着死马当作活马医的心态,在恐惧中前进! 拿到自己应得的分数!

收卷了,摸摸心:天,还是狂跳不已。但不论结果怎么样,走一步算一步,考完一科是一科,只求每一步走得踏实每一科全力以赴。

还好,它最终没有拉我整体的分。

让自己在信仰中前进,让自己在执念中强大,抱着赴死的心态,抱着必胜的信心,看不见一切阻碍,听不见一切否定的声音,唯一能让我们实现梦想也是唯一值得去坚守的东西就是自己内心的声音,扪心自问:自己到底有多想改变数学? 自己有没有为了它全力以赴? 决定了,就不要轻易改变,答应自己:绝不后退。

一旦想去做,就相信可以做到,那么就能够成功。总有一天你会用实力证明自己绝不是懦夫绝不是失败者。

当然,我这些都是微不足道的,跟那些真正的"疯子"相比就是九牛一毛。他们疯的程度深到神经病的地步。

　　和高中好友闲聊高考时,她说,考试那天,下着很大的雨,她坐着爸爸的自行车去的考场,她什么都不顾,一路上大声地唱着那首一直鞭策着她前进的歌——《倔强》,"我和我最后的倔强握紧双手绝对不放 / 下一站是不是天堂就算失望不能绝望 / 我和我骄傲的倔强我在风中大声地唱 / 这一次为自己疯狂就这一次我和我的倔强。"

　　我沉默。

　　"我心烦我害怕我想逃避我想抱着爸爸大哭一场,那是一种不可名状的恐惧,还好唱唱歌,马上精神振奋。我知道我等的就是那一刻盼的就是那一刻,绝不能功亏一篑,绝不能。什么害怕什么担心统统见鬼去,管它三七二十一,豁出去了。现在想想真不知道自己怎么就活过来了。"

　　我继续沉默。

　　她说高考前一连两次模拟考都失败了,第一次她可以安慰自己那是失误,但第二次她几近崩溃,全身的无力感,突然觉得自己在快要爬上山顶时重重地摔到最底层,眼睁睁地看着周围的同学突飞猛进,那种感觉她说她一辈子都不想再体会,一次就够了,一次就可以把她的心揉碎把她的底气耗尽,她以为自己再也坚强不起来了。她说她只能不断地唱歌不断地给自己打气。如果没有一种力量引她上岸,她说她真的不知道该怎么办。

　　我还是沉默。

　　她说你是不是不相信啊?

　　我说不是,我只是想哭,因为你说到我心坎里去了,因为我们都一样,都一样在悲催的失败中一点一点地拯救自己,都一样地在一次次的哭泣中连滚带爬地挺过来了。

　　一切都过去了,但没有料到高三那些埋藏在心底的信仰还是深刻到引人哭泣。

其实,朋友的《倔强》已不单单是一首歌,它是唤醒她内心中沉睡的力量和勇气的催化剂。一首歌很渺小,但信仰再小,也足以致命抑或成功。信仰,这是一种疯狂的力量,你甚至想象不出它能使你变得有多么勇敢多么强大。

长期的信仰,不知不觉中就会转变为坚持,有人说坚持是件可怕的事情,那么信仰便是件恐怖的事情。看似简单的事:熬到十二点有什么了不起星期天去看书也没啥特殊的,可是能坚持下去的又有几人?没有"信仰大于一切"的观念,那么一点点细微的事就可以中断一个人的坚持。

给自己一个信仰,给自己一份希望。

青春的告别礼

第六辑

我在大学等你

两种选择，都不后悔

去年一个大学毕业后的学姐把考研资料给我时说了一句："这个破研究生让我失去了一切，从决定考研开始我不敢恋爱不敢疯玩不敢到处旅游，考上了也就这样，用青春换来的研究生却再也赎不回青春，还不如疯它四年。一定要好好享受你的大学生活。"然后又在网上看到很多大学生毕业后捶胸顿足苦口婆心地劝导还没毕业的："一定要好好学习啊，不学习也要多去图书馆！我这四年过得跟做梦一样，真后悔没多看一本书没多考一个证没多考一个绩点……"接着周立波貌似很有经验地大肆渲染："你不疯，不闹，不任性，不叛逆，不逃课，不打架，不去玩，不K歌，不通宵，不旅游，不喝酒，不逛街，不早恋，就只因为要学习，请问你这样的青春是喂狗了吗？"

考上研究生的公务员的拿到奖学金的或者大学四年都在埋头苦读的后悔"我的青春一片空白"，满世界乱跑的混社团的逃课的后悔"当时为什么我不乖一点"。一语成谶总是对的，因为不管怎样到最后人都是要后悔一些事情。为什么当时我没有勇敢为什么当时我没有好好学习为什么当时我没谈一场刻骨铭心的恋爱为什么当时我没有好好珍惜身边的人……得陇望蜀，永远也无法满足的欲望。

就像是高考，若屈从它，为它熬夜做题为它拒绝享受青春为它把自己逼得无路可退为它放弃很多很多，就当是拿青春喂狗。若不甘心，不在乎成绩不在乎家长老师的苦口婆心亦不在乎未来是死是活，只活在当下享受为数不多的美好年华，高兴逃几天课就逃几天喜欢谁就大胆说出来看不惯谁就找几个人打一架……崇尚王朔的"我是流氓我怕谁"，年轻，不可一世，潇洒得像是站在世界最高峰。几年后，看遍了世事，在社会上连滚带爬，伤痕累累，不再年少轻狂，不再意气用事，这一刻，老气横秋满脸沧桑："我当时为什么不好好学习？为什么瞎胡混？为什么没有乖乖坐在教室？我为什么没有多吃一点苦多做几道题？后悔得想死的心都有了。当初要是苦学不也过来了吗？说不定现在过得更好。"

而考上好大学的同学见面了用一种欠揍的语气数落自己的过去："我当初为什么连初恋都没有？我当时为什么不疯狂一次哪怕逃一次课离家出走一次也好啊！我的青春全被高考给葬送了！后悔啊后悔遗憾啊遗憾，比中了五百万大奖却忘了去兑奖还要揪心。"后来的好学生就是这样，赢得了高考，很多珍贵的却无形的东西却都丢失了，丢失在堆得高高的习题上，丢失在黑夜里陪伴自己做题的台灯下，丢失在一次次模考一次次的哭泣中，丢失在呼啸而过的时光中。为了执着于十多年的寒窗苦读为了给自己抑或给父母一个交代，索性一把火将快乐、疯狂、冲动、冒险烧个精光，斩断、诀别——和所有阻碍梦想的东西。虽然并不情愿。撑不下去的时候也会心疼自己，"我这是干什么这么虐待自己？"但之后看见别人马不停蹄，又发誓不到终点绝不罢休。

羡慕别人的生活后悔自己的过去，然后还要继续生活继续选择继续后悔，自己得到的都不是得到但失去的却都是失去，反反复复。青春没有喂狗的人，一副落魄的样子；青春喂了狗的人，一副一切都不值得的遗憾表情。谁也不强大，谁也不落拓，谁的青春都没有喂狗，说到底，青春，都是喂了我们内心追逐的东西。所有的青春都会有一次虐心的后悔，而所有的青春都会逝去,可是并非所有的逝去都有补偿,等这一切都过去唯独希望自己不后悔。

因此,青春时,无论哪一种选择,都不可以打上后悔的标签。

青春如此,感情也如此,"爱他就大声说出来",但相恋后又后悔,因为有一天你在他心中突然什么都不是了,"当初要是没有表白,也许我会记得他一辈子"。人匆匆在世来来回回,年轻只有一次,初恋只有一回,错过的时间不后退,疯狂一次,敢于追求敢于迎合内心的声音,哪怕受了伤,哪怕一切没有想象中那么美好,至少不会有遗憾。可是,有些感情你未必真的能够消受得起,说出来的未必好于潜藏在内心的。这些事,无论怎么抉择,总会有借口去后悔。

还是王尔德看得透彻,一个声名显赫的人,因为同性恋的诱惑而身败名裂,到最后他说:世界上有两种悲剧,一种是求之不得一种是如愿以偿。渴求的东西,无论有多么努力都得不到,苦苦追求的,得到了却不如没有得到。拥有的不是自己所想的,得到的不是自己期待的。爱玛是第一种,唐璜是第二种,追求不到的失落和追求到后的后悔。

为什么人们乐于对过去后悔? 因为过去的就是已经过去了,完结了,再也没有了。而后悔,本质上是想重来那一段生活,不后悔不是得到什么失去什么,而是,等这一切过去,还是很满足。不管后来嘴上说着后不后悔,其实,都不必后悔。

爱是温暖的束缚

1.

小的时候写作文话题总是围绕着自己的父母,比如"记一个我最感谢的人"、"写一封给父母的信"……但随着年龄的增长越来越少地谈论自己的父母,在外地上学日常生活很少有他们的参与,于是这隔阂越来越深。不知道是从何时起,和周围很多孩子一样,小时候的开朗活泼一下子转变成倔强叛逆,好像只有这样才表示自己在慢慢长大,也许是从青春萌动时也许是在面对升学等种种的压力时。

打我记事起就知道母亲有着很严重的胃病,她的每次犯病都是对我的生活和情绪一次严重摧残。毕竟,家里的气氛凝重,小孩子的心里也会受到创伤。童年,它就像一场噩梦。

母亲对我的要求极为严格甚至苛刻,低于班里前几名回家她立刻变脸色。小孩子总是会夸大别人对自己的不满,因为成绩的事不知道挨过多少批评,日积月累,渐渐地在心里形成一个屏障:任何事都不能和她说,一直和她缺少基本的交流。这样暗无天日的生活渐渐地让我对她有了最初的怨恨。

133

初中的时候我离开了家去外地上学,三年,除了刚离开时每天哭哭啼啼,时间长了也不知道想家是什么滋味了。回家没什么感觉,离开亦没什么不舍,甚至希望自己永远都没有回来的那一天。

清楚地记得在我回家的一个星期日晚上,她突然从我房间里拿出一本日记和信,我顿时蒙了:她竟然读了我的日记和笔友之间的信件!那一刻,我既吃惊又气愤。上课时和同学传的开玩笑的纸条也夹在里面,还有一些小感伤小情愫的文字,所有青春的秘密全部暴露。她哭泣着斥责我怎么能背着大人在外面乱交朋友。

嘴上说着"以后不敢了",但心里不知有多生气。我面无表情地走进自己的卧室,内心像死灰一样绝望。那个"以后能走多远就走多远"的誓言悄无声息地萌芽。

第二天她跟着我一块儿去了学校,找到了我的班主任。听了她一五一十地数落着我的"罪行",班主任惊讶地说了一句:"怎么可能?她在学校里很乖啊。学习也很认真。"家长都是很相信老师的,经过老师的一番开脱她半信半疑地回家了。

在大人面前,我们永远是个好孩子。唯有自己清楚,很多时候都是伪装出来的,很多话很多事他们都是不知道的。母亲对我的无奈就像我对她的冷漠,无可救药。这也许就是代沟的可怕。

2.

中考后,本来想在暑假时好好放松放松。她却给我当头一棒:"玩、玩,就知道玩,高中的竞争比初中大多了,有本事考上好大学再玩。"想玩的心一下子冷却下来。一个好好的暑假在怨恨与压抑中度过。

高三时,她来学校陪读。那么长时间没有和她一块儿生活,陌生与疏离感油然而生。

但出乎意料的是她沉默了很多，每天除了给我洗衣做饭什么也不多说。

我的脾气还是那样固执，加上从小养成的独立和倔强导致我在高三那段黑暗的日子里从来都是一个人默默地承受着高考的压力和模拟考失败的打击。压抑久了，性格真的会变得极端起来。终于在一次月考失败之后彻底爆发了。知道成绩后，我低着头阴着脸回到家，她问我的成绩。也许学生时代的我们最厌烦的不是考差而是考差后父母一遍遍地追问。

沉默。只要问到成绩我就习惯性地沉默。

见我不说话她继续试探性地问。

再也承受不住了。我把书包重重地摔在地上就跑了出去。在大街上漫无目的地溜达了一夜。想到了未来想到了她怎么就不理解呢。想着想着便蹲在街上哭了起来。空旷的街道，寂静的夜晚，麻木的灵魂。

年少的逃离，多半是要后悔的。第二天我就乖乖地回去了。我以为她会歇斯底里地骂我。但她却默不作声地关上卧室的门好久好久都没有出来。

从那以后，无论大考小考之后，她从来没有多说一个字，干什么都小心翼翼，怕再做错什么再次点燃我这个炸药桶。这样一直持续到高考。

结果还是让她失望了。那是我这一生面临的第一次也是最深的一次打击。记得考完英语我是哭着回去的。那时她也已知道，完了。我等着她狠狠地骂醒我直至让我有勇气面对这一现实。可她还是沉默着。

再也没有心情参加什么同学聚会甚至连毕业照也没有拿就匆忙地赶回去了。一连好几天，我把自己关在屋里，不吃不喝，也没有和家里人说一句话。她想方设法弄好吃的在外面敲我的门，任她怎么劝说，我都是一句不吭。

终于有一天她再也受不了了。她说要不复读一次。我还是一声不吭。

我没有料到最后她竟哭了起来。我起身给她开了门。她二话不说在我脸上狠狠地扇了一耳光,她说你怎么能这么不听话,但随后又不断地道歉。如果是以前,肯定会觉得天都塌了:父母怎么可能会打自己。很少看见父母流泪,但那次她打我竟然哭得那么伤心,还是明白:高考的挫败,他们比你还要难过。

这些年来,我第一次感受到她内心的挣扎与痛楚。

3.

复读的一年,一切都很平静。每天心如止水波澜不惊,只管踏踏实实地上课认认真真地完成作业。她还是不再问我的成绩。这样我的心里轻松了不少,至少不用再胆战心惊地向她汇报成绩然后再恐惧地等待她的反应。那真的是一种煎熬。我也不想问她为什么不再过问我的成绩。管它去,顺其自然吧。

直到有一天下课时我看见她站在我们学校的公告栏旁才明白过来。她一直用这种方式来了解我的成绩。

我转身回到座位上哭了好久。终于明白为什么好几次考得很差时她总是蹑手蹑脚地把饭送到我的书桌上安静地离开,不惊不扰不多言语。

这一年,我以为自己默默地承受了很多很多,却从没有在乎过她做母亲的心痛。

我的任性与自私,全来自于初中时那个可笑的誓言:能走多远就走多远。对她的怨恨和疏远也源自童年那些刻板的印象。

第二次查分数后她花了一个多小时熬了一锅莲子粥,脸上一直带着笑容。当她把碗里的莲子一粒一粒地夹给我时,那一瞬间,心很暖很暖。

去大学前她经常说:妈妈再也不会多问你的私事了。

青春的告别礼

一句"不管了",意味着自由意味着独立,这本是梦寐以求的日子,心底却像压了一块石头。

相反的,当她什么都不管的时候我却不断地打电话和她聊起自己的心事。

年少,我们渴望自由渴望没人管,当真像断了线的风筝一样无依无靠时,却突然失去了所有的归属感。什么是母爱,什么是家,她的一句"不管了"让我明白得那么深刻,也那么有力地敲醒了我内心沉睡着的亲情。

我不知道这意味着什么。也许像别人说的那样:一个人的成长意味着另一个人的老去抑或是失去了才懂得珍惜。很多感情都如此,我们仗着自己处在被爱的角色恣意伤害对方,或许更悲哀的是我们根本不知道自己被爱着。

一定要全力以赴

和一个戏称自己的大学为"不入流之辈"的同学去浙大玩,出去时她大发感慨:要不是大学快混完了我真就收拾收拾回家重新高考了。这才是大学这才是大学啊!!!我想象不出她有多么后悔有多么痛恨自己的学校,但可以看出她说这些时是咬牙切齿的。

现在自己去"教导"学弟学妹肯定有种"站着说话不腰痛"的嫌疑。有些话,从老师家长口里出来我们就是懒得听,觉得厌烦,偶尔还会满脸鄙夷地说:"这不废话吗?谁不想考重点大学?"但是真心去拼搏的人与只会说长道短的人的区别就像是重点大学与三流大学。

以前教我语文的刘老师说:三流大学和重点大学的差别是你想象不到的。且不谈什么设备名声师资等,就是那种氛围,一下子就能拉开距离。他说得很认真很认真,那个时候天很热,教室里没有空调,我坐在北面靠墙,整个人都被桌上的书遮住了。周围的同学或许是为了不放过一分一秒而低着头(其实不一定在看书),那个场景不论多久之后我都会记得:老师站在教室中间,我从书堆里抬起头一直盯着他,他说的那个高等学府那些好玩的大学生活那些三流与重点的差别让我如痴如醉,怪我语言贫乏,实在想不出什么词形容那种感觉,像是生活在水深火热的人们聆听着教父神圣地诉说来世与救赎。说到激动处他习惯性地扬着手:记住我今天说的话,将来你们到大学生活一学期就会深切地体会到的,有的可能一天就感觉出来了。

遗憾的是班里很少有人抬头,还有人在小声地说话,他生气地说了一句"看看有些人的样子,早晚会后悔死你"就重重地摔门而去。台上的苦口婆心,台下的无动于衷,有时候不是老师说得不好,而是真的到了麻木的境地了,完全是"刀枪不入"了。

我写这些,回忆过去,依旧是充满感激的依旧是喜悦的。

到现在,我终于有话语权了。三流大学和重点大学的区别,就像老师说的那样,不用到里面生活,哪怕只踏进校门你就会感觉出来。不管是个人偏见还是外人的追捧,有些东西不一样就是不一样。

"听君一席话胜读十年书",遇到一个恩师或是听到一个好的讲座比浑浑噩噩的四年值多了。而这些条件,很大程度上要学校提供,我不否定大学几乎全靠个人,但环境的熏陶是无形的,尤其是对于现在的大学生。

有梦就去追，有名校情结就去拼，少年不追待何时？要知道，大学生活一旦混沌：谈谈恋爱、跳跳舞、聚聚会、玩玩社团、看看电影等一眨眼就没了。等到找工作没人要时才流下悔悟的泪水：为什么我没多看几本书为什么我没多听几节专业课为什么我没好好学英语……有的甚至追溯到：为什么当年高考我没考个好大学？当然，名校中也有胡混的，这是物竞天择适者生存的必然结果，但再怎么混人家至少也在名校里走了一回。

有些情结是说不清的，很多人批评因为名校情结而去盲目地做选择，但我想说，那是我们的一种寄托，是精神食粮，没有它，整个人都会废掉。尤其是当别人谈起"北大的图书馆可是亚洲最大的图书馆，藏书五百多万册"，"武大的樱花开得真美"，"去厦大就像去旅游一样"……那种滋味不是一句"羡慕嫉妒恨"能诠释的。

坚定，谁也不知道自己有多坚定，也不晓得坚强与坚持什么的，但只要知道：这条路是我自己选择的，我就要朝着这个方向去，这就够了。不管遇到什么，都是自己心甘情愿的。我们不怕未来的自己认不清现在的自己而怕未来的自己憎恨现在的自己。就像当年最后一门的英语，很惨很惨，离正常的水平差到二十多分，这种结果就是一场荒诞的演出。难道高中的英语成绩就这么被抹杀了？其实也是因为这个缘故，才大一，我就狠下心，一口气拿下了四六级证书（大一上学期四级下学期六级），毫不犹豫，也毫不费力。所以，不怕失败，只怕没有全力以赴过。

拼，一定要拼。多年以后，你会发现，有些话不说会后悔一辈子的，关于高考关于考研，我想说，有些大学不考会恨死自己会痛不欲生的。那都不是后悔与不后悔的事了，是对自己的唾弃和对人生的绝望。

拼一把，收获的不只是录取通知书，还有一个更成熟的自己。没有经历过的人会嗤之以鼻，但自己会觉察出这种变化，很鲜明。这就是成长,自己教给自己的成长,只属于一个人。而且以后很难再会有高中时候的执着和心无旁骛了,冲刺高考,那是一件没有风花雪月的事,只属于自己。没上大学前,老师家长整天像催命鬼一样在后面喊:一定要考个好大学啊!上了大学自己深切体会过后也只能向大家挤出几个字:一定要全力以赴!一定要考个好大学啊!

大学,让梦想继续延伸

大学里,迷茫已经是一个泛滥的词。高中老师为我们描述的大学生活已难寻踪迹。象牙塔,不过是一个避难所,而大学时光,不过是一部青春堕落史。无论是媒体还是我们自身都叫嚣着:大学在滑坡。

我对大学的向往在踏进校门的那一刻完全崩溃,学校这么小?!食堂这么黑?!女生穿得这么暴露?!开学后的一个月,无所事事,空虚寂寞,整个人找不到一点积极的影子,在泥淖里越陷越深。大学就是这样的?短暂的一个月,几乎把我对人生、对梦想、对生活的热情耗尽。

之后打着读书学习的名义参加文学社、读书会,书没读多少反而加重了失落感,某些心照不宣的潜规则、不得不随波逐流的无奈、毫无意义的假意迎合等社会现象的缩影一一上演,虚伪的神圣感暴露,渐渐地结识了一群"寂寞党",大家都没自信没方向,在一个社团混着,渴望24小时的集体归属感。

　　给家里通电话，也是半死不活的状态。感觉很对不起家人，拿着大把的钞票在外面挥霍买醉。为了减少负罪感，我疯狂地到阅览室寻求"精神拯救"，只落得个"不用担心，大学都是迷茫的"的结果。大多书籍都在告诉我们怎样玩、怎样混社团、怎样谈恋爱、如何跟辅导员套关系……顿时绝望，这些都不是我想要的。

　　我的精神家园在哪里？难道就这样重复着行尸走肉的日子？高中的我想去大学干吗啊？

　　高中的我想在大学读书、旅行，想让四年无怨无悔。那会儿我多喜欢看书啊，觉着最幸福的日子就是抽空看闲书。也发曾发誓，到大学要扫遍图书馆。仔细一想，读书与旅行，这两者都没有付诸行动。高中的憧憬让我猛然间意识到上大学不是为了来凑热闹，归属感并没有意思。

　　于是想到了好好学习，但根本没有学习压力，平时上课点点名，期末停课复习、通宵看书。考完一门就拼命看第二门，狂灌两杯咖啡冲进教室。考前闭关、戒网、狂喝咖啡、熬夜，飘去考试、飘回来、考完狂吃狂睡，醒来后把学到的东西全还给老师。

　　这种模式的学习，给我的唯一结果是拿奖学金，但它也只是一个星期的事。其实什么也没得到。

　　忽然间又不知道自己想要什么了。这是又一轮的迷茫。再看看高中的梦想：读书与旅行，竟然还没向自己兑现。我不明白在高中时上课偷着也要看小说的热情到大学怎么都没了。大把大把的时光，有权利去支配时，却丧失了激情。

　　我开始去图书馆寻宝。唐诗宋词元曲、罗摩衍那、荷马、但丁、波德莱尔、兰波……古今中外，诗歌戏剧，一路走来，应有尽有。

　　有一段时间，我和好朋友的对话几乎缩减成："好无聊啊。"

　　"看书去。"

"走。"

一拍即合，两人到图书馆搜索、借阅，回来再背上一书包。这三句话来来回回重复着，以至于在我脑海里形成这样的观念：在大学，只有无聊才看书。但所谓的不无聊又干了些什么？

读书的日子才是大学里最好的日子。在书本里，我已经建立了自己的精神家园。但我习惯成为生活的旁观者，而不是参与者，理论与实践严重脱节。我的大脑被别人的经验与自己臆想的执着包裹着，幻想着真善美的天堂，不断演绎着激情与梦想的肥皂剧。我单枪匹马，现实中却什么都怕。

想到了自己还有一个有待继续的梦想：旅行。"生活在别处。"兰波高喊着，米兰·昆德拉又道出深意：当下的生活都是暂时的，真正的生活在别处。我的大学生活应该还有一半未去探寻。

"曾梦想仗剑走天涯，看一看世界的繁华。"我开始出走，像撒野的兔子到处跑。"不出去走走，你以为你生活的地方就是世界。"行走了几个地方，我才知道自己十几年的生活是一片空白。

双休日，不再窝在寝室进行着睡觉、上网、吃东西的恶性循环。远行的路要靠自己摸索，复杂的社会需要自己去适应。也许旅行是一次艰苦、囧事百出的闹剧，但我相信，路途的景致和旅途的遭遇一定会让我对这个世界多一层认识。

我在旅途中遇到的人和事，是大学那个小角落不能给予的。在青旅遇见各式各样的人，一个背着硕大无比的背包的女孩子，长得眉目清秀，却要辞职去西藏，开个旅社，不再回来。

主动找你搭讪的人大多不是好人，这是多年来最禁锢我的一个思想。去绍兴时，只买到站票，幸运的是旁边一个位置没人坐，没多顾及就坐下，一觉睡到站，醒来时旁边站着的人对我笑笑，问我是不是要下车。我简单答复，心想着不能多和陌生人说话。"哈哈，我的座位让你坐了一

青春的告别礼

夜。"顿时语塞，羞愧夹杂着温暖。

大学里的旅行，是最纯粹的，自己赚钱自己玩，没有工作与家庭的限制。读书，不是因为它好看，而是我们找到了一些精神价值。旅行和它一样，不是因为山在那里，也不是因为路在那里，而是在这过程中我们找到了自己。

看到一句话：平庸的大学生是相似的，不平庸的大学生各有各的辉煌。那么，平庸的玩法无外乎逃课、睡懒觉、打游戏、上网聊天，四年弹指间，多少激情多少豪言壮语多少高中的梦想被一一扼杀。读书与旅行，虽说不上是多么高明的玩法。但不知道干什么的时候，就去看书，去旅游，绝对没害处。

用背包丰富生活经历，用阅读加深思想境界。在梦想延伸的日子里，先前的迷茫，早已成笑谈。我的大学继续，我的梦想也继续。

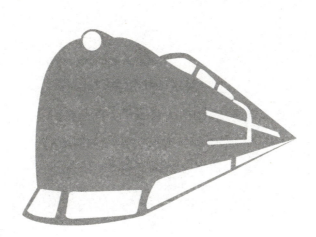

第七辑

小说访问

过往的纠结，回首，原来云淡风轻

1.

两年了，你们在一起已经两年了。蓉蓉，你知道吗？这两年，我一直特立独行着，感情一片空白，不是没有人，是再也找不到当初对他的那种感觉，再也找不到了。每次看到身边一对对情侣甜蜜的样子，我真想跑过去对追我的那个男生说："我们开始交往吧。"可是这个念头突然间就被心中庞大的疼痛占据，它的每一次浮现都让我忍不住想起你的他，想起那个明明很爱我却和你在一起的男生。

高二寒假以前，我和你坐在一起住在一起，你难过的时候我可以寸步不离地默默地陪在你身边，你开心的时候我也会快乐得像个小孩。我什么都不多想，只傻傻地陪你疯陪你乐陪你一起走过这阳光灿烂的日子。我可爱的蓉蓉小姐，有了你，我不再抱怨身边没有可以依靠的男生，不再看着自己欣赏的男孩和别的女生嘻嘻哈哈时难受得心痛。我们会拿着冰激凌肆意地指点着那些因为早恋而蹉跎年华的孩子，然后从他们旁边经过时哈哈大笑。

我满足于有你在的生活,即使偶尔地想起有一天我们之间会有某个人对白马王子眷恋时也不会害怕从此我们就形同陌路。因为,我记得,你跟我说过:"郁七,如果我们爱上同一个男生我宁愿把他踹死也不要和你争。"那时你一脸的认真。我相信你,因为我们从来没有欺骗过对方。

可是,我不知道,在这个世界上,什么都可以分享什么都可以给予但就是爱情不能。

2.

高二下学期,班里来了一个插班生。他叫李宇翔,不帅,但比班里其他的男生强一百倍。他进来的那一刹那,我的心扑通了一下,慌忙拉着坐在身边的你说:"哇!还不错。"可是,亲爱的蓉蓉,当时的你连看都没看我一眼,直直地盯着他看,一脸的微笑。

其实,那时我就猜到:我,张郁七,和自己的好朋友蓉蓉,同时爱上了一个人。

自那以后,你整天拉着我在上自习的晚上偷偷地跟着李宇翔,拉着我去打听关于他的一切。我们之间再也没有除了他以外的任何话题。蓉蓉,那时的你发觉了吗?你开始爱美了,也注意形象了,但是我们当初要一起进名校的誓言被你抛到九霄云外了。

我每天像个傻瓜一样陪你一起追他等他,渐渐地我也退去了那种"我要考第一"的激情,一步一步地跟着你一起走向堕落的深渊。心情不好的时候你开始去网吧了,追他无望的时候你开始夜不归宿了,在你最爱的英语课上时你开始看小说了。我还是陪着你,还是自欺欺人地以为这样我就可以和你像以前一样做一对形影不离的好朋友。

有时候我也难过,尤其是晚上陪你一起在网吧里玩通宵的时候,我

147

会想到自己的父母,想到他们一直以来对自己的期望,也会想到班主任,想到他经常在班里夸我时同学一脸羡慕的表情。突然间觉得自己在谋杀,在杀害所有对我好的人。

可我从来都没有真正地反省过,等到了早上,我还是拉着你到班里趴在桌位上在老师慷慨激昂的授课中呼呼大睡。

我把一切都置之度外了。只要你能追到李宇翔,只要你能幸福。但我的心里却希望:你们永远不要在一起。

3.

矛盾,一直矛盾着纠结着。想不通自己是在干什么,自己明明很喜欢李宇翔,却要用自己的放纵来帮你追求他。

是因为你的脆弱吗? 是因为你说的那句"追不到他,我真的活不下去了"? 还是因为一直以来我对你的谦让和我愿永远保持这段友谊的决心?

不管怎么样,我退缩了我陪你堕落了。

可是,蓉蓉,我知道,我还是心疼你。看着你对他的痴迷看着你为他不顾一切,我能不帮你追他吗?

但如果李宇翔是一个怎么都牵动不了我的心的男生如果他在你全神贯注地望着他时没有给我一个暗示的眼神,我都会义无反顾地陪你继续疯下去。

现实却偏偏不是这样,每次我们一起碰到他时我的脸都会"嗖"地一下红起来然后装作没看见。我不敢和他说话不敢接近他也从来不敢与你一起凝望着他。我怕在那一瞬间你会发现我也在偷偷地爱着他。那样你会痛不欲生你会与我一刀两断。蓉蓉,我知道你的脾气,如果你发觉我在一旁偷偷地看着李宇翔你什么事都会做出来的。

此后,我依然尾随着你追他的脚步,依然口口声声地说"他可能也喜欢你",依然卑微地在一旁看着你狂热地追求他而暗自伤神。听着你对他的赞美看着你一脸期待地勾画着未来,我的心像是被大群大群的蚂蚁噬咬着。

我无能为力。

4.

临近高二期末的时候,你和李宇翔在一起了。

我不确定你们是不是幸福,但我可以确定的是:他不爱你。

蓉蓉,你没有感觉到吗? 你追了他将近一学期,也骚扰了他近一学期。在那段时间里,你不断地打他家里的电话不断地在课堂上传纸条给他不断地在路上跟踪着他不断地用各种可怕的借口威胁他和你在一起。我从来没有见过这么痴情又这么疯狂的女生,我真的怕你了,我没有勇气和你抢他。

我不清楚李宇翔他是不是也害怕,但我知道他的无奈。

那天上晚自习时他塞给了我一张纸条,"张郁七,放学后去操场"。那是我上高中以来唯一一次没有和你一起回去。

我和他沉默地沿着操场走了一圈又一圈。突然间他停下脚步对我说:"郁七,如果我和蓉蓉在一起了,你会不会难过。不是因为你失去她,而是因为失去我。"那一刻我的心像骄傲着盛开的昙花但很快就枯萎下去,我明白我不能,我知道我很软弱,因为我怕从此你再也不理我更或许是怕你会因此做出傻事。

"怎么可能? 我帮她追你还来不及呢。"我看到他的脸顿时僵住了,虽然灯光很暗,但他的眼泪我却看得很清楚。

"祝你和蓉蓉幸福啊!"丢下这句话我就狼狈地跑回去了。

第二天他就认输了。乖乖地向你妥协,和你在一起。

5.

我也终于不再为你劳心费神了。

以后的每天晚上看着你们手挽着手幸福地看着对方时我都会在后面放慢脚步直到你们离我越来越远,心很痛很痛。

这样的折磨让我的脾气变得异常躁动。我渐渐地沉默起来,经常一个人趴在阳台上盯着下面来来去去的同学。偶尔你和李宇翔也会过来,勉强地笑一下我就安静地回到座位上。

蓉蓉,我难受的是我发生那么大的变化你从来都没有注意到。我在晚上偷偷地溜出寝室你没有问过我"去哪里",我在课堂上一页一页地在本子上乱画的时候你没有问过我"怎么了",我在下课的时候偶尔地会莫名其妙地哭泣你没有安慰过我"没事,没事"。你一直沉浸在你的爱情中。

那时我就知道,你真的变了,而我也变了。从一个同学羡慕老师夸奖家长引以为自豪的好学生变成了一个作风散漫、旷课迟到、消沉堕落的差生。

我想过要拯救自己,但就像你曾陷入爱情一样,我陷入了维护友情还是得到爱情的痛苦中。我已经失去了爱情,友情也在慢慢垮掉。

接受不了,只有任自己放纵下去。

青春的告别礼

6.

麻痹了一个暑假，高三来了。

开学的第一天，班主任在班会上大肆渲染地强调形势的可怕并一再地说："到这个时候了，有些同学该清醒了。"激情澎湃的说辞提不起我的一点兴趣，我早已麻木不仁。看到你也是这样，我笑出了声。

下课后，班主任把我叫进办公室，狠狠地批了我一顿。我抱着破罐子破摔的心态回到座位上拿着书包又开始了逃课生涯。

他拿出了撒手锏。请来了我的母亲，那是我的致命点。

那天妈妈来学校看我，发现我不在班里，她问了老师问了同学他们都异口同声地回答："张郁七已经几天没来上课了。"

父母是我这辈子最不愿伤害的人。妈妈也说过，我是她一生的骄傲。我却像个杀手一样在她的胸口狠狠地刺了一刀。

那天是你带我妈妈去网吧找到了我。看到她的那一刻，我像被针刺了一下，所有的悔恨和难过都涌上心头。我记得，她，我亲爱的母亲，用几乎哀求的声音对我说："孩子，你是怎么了。"

当着很多人的面，我们母女俩抱头痛哭。

我知道她来看我绝不是巧合，一定是班主任联系她的。在他多次把我叫到办公室训话无效后也只能用这种方法了。我不怪他，这是我的报应。我只恨我自己伤了一个又一个爱着我的人。

清醒了，真的清醒了。拿着陌生的课本看着从高处摔下来的名次我趴在桌上失声痛哭。

我想从那以后，蓉蓉小姐，你的世界还有你爱着的李宇翔再也与我无缘。

7.

高三那一年，我单枪匹马。

没有再关心过你们之间你的事，我也要求老师把我们的座位调开了，你们是不是吵架了是不是还幸福着都与我无关了。偶尔地听同学谈起你们的事，我也只是像听一个故事一样淡然，之后照样低头写我的作业。

对于李宇翔，我也强迫自己去忘记，很难。可我会控制住自己的分寸，绝不会让你知道绝不会影响我的学习。

蓉蓉，你也许注意不到，那天我一个人在后面看着你们的时候他回头的时候看到了我，你不知道每次他经过我的座位时都会用复杂的眼神看我一眼，你不知道他在让我给你递信的时候也偷偷地给了我一封信……

但我装作什么都没发生过。

我只懂得，在看到你为他不吃不喝为他痛哭流泪的时候，我就发誓：我，张郁七，绝不会和你去争他。在妈妈为我的不争气而流泪的时候，我也发誓：我，张郁七，绝不会让自己的母亲再一次失望。

一年的时间，我信守了自己的承诺。

一年后，我拿到了理想中的通知书。但是，自此，却和你们失去了联系。

大一寒假班级聚会时，你和李宇翔没有出现。听同学说，你们一起上了一所专科，打算毕业就结婚。

那天我和同学喝得醉醺醺地回家后，难过了一晚上，也哭了一晚上。是心痛也是就此遗忘。

如今，一切已经过去两年了。这两年里，你的李宇翔一直左右着我的感情世界。

我想现在是时候放下了，是时候向年少的纠缠不清说再见了。亲爱的蓉蓉，此时我只想和你说一句：过往的纠结，回首，原来云淡风轻。

突然好想你

1.可是我没有

寒假聚会，这明明是个好时机。可是，有很多的无可奈何，憋了好久的话最终连一句"你要等我"都没有说出口。重新再相见的那一瞬，原先设想好的所有场景所有语言都只能憋在了心里。自己像个懦夫一样，依旧和他暧昧不清。可是，倪晨，你为什么也没说啊？只要你开口我肯定会答应的，一拍即合，这多好的事啊。

恨自己，为什么没有说。

恨方浩，为什么会盯上我。

倪晨，愿你再单身一学期。我一定会考到你在的学校，高考后，什么都不是我的顾虑了。

——摘自苏琳日志。

藏了许久的秘密，打算得好好的，这一次一定要说。

"苏琳，我们交往吧。"以最合适的音调、最合适的语气、最合适的表情对她说。演示了多少次，竟然什么都没说。

遗憾的一场聚会。本来我想在见到她的一瞬微笑着说"苏琳，我好想你"，可是我没有；本来我想和她一起唱那首最适合表白的歌，可是我没有；本来我想在酒桌上借故发点酒疯吐露点心思，可是我没有；本来我想在分别的时候和她说声"苏琳，我会一直等你"，可是我没有。本来我有那么多想法，可是我没有那么多勇气去做，所有想做的都没有做所有想说的都没有说。真的应了那一句"情到深处竟无言"。

苏琳，我等你来我们学校。等你高考完，我再也不会这么犹豫这么懦弱了。

——摘自倪晨日志。

2. 往事那么沉，记忆那么深

高二，暑假补习。苏琳在放学和上学的路上每天都会碰到一个匆匆忙忙的男生。单肩背着书包，低着头，一个人面无表情地从她身边走过。高三开学，才知道他是插入普通班的复读生，倪晨。班主任特意提醒大家无论做事还是说话都要小心翼翼的，因为高考的失败对他们来说是人生中第一次也是很重的打击，融入了一个全是新生的班级，他们心中多少有些自卑和难过。

一次打扫卫生，苏琳捡到一张满是涂鸦的纸条，上面有几个很用力写的字：月考又败了，明年的高考或许我还会是遍体鳞伤，我想我再也坚强不下去了。是倪晨写的。

苏琳把它偷偷地塞进口袋里。

下午放学的时候苏琳在他的高考复习资料里夹了一张字条：坚强起来。从哪里跌倒就从哪里爬起来。我相信你。

一张短短的纸条给了倪晨走下去的勇气也给苏琳带来了一个启明星。苏琳成绩很烂，不过她也没什么大的抱负，平平安安过日子老老实实做人就行，考不上大不了回家嫁人，怎样过不是一生。倪晨正好和她相反，非名牌大学不上，一年不行两年，直到实现。

倪晨总觉得自己在新生班是个异类，无论做什么事都要被贴上一个标签"你是个复读生，你有资格吗"。也许因为这个原因，倪晨对学习的疯狂程度让苏琳有点害怕，她从来没见过一个人可以那么专心那么痴迷一件事。他不是在学习简直是在玩命。

"近朱者赤近墨者黑"，真理啊。苏琳慢慢尝试着把自己的精力全部转移到学习上。不求成绩有他好，至少有一个积极向上的心态吧。

一些事不做也就罢了，一旦融入进去，便无可救药。苏琳突然间像着了魔似的发誓一定要考上心仪的大学。与其说她突然间喜欢上了学习倒不如说她突然间感受到了"爱的力量"。

学习底子差，想一口吃成个胖子，很难。

苏琳有事没事就拿着问题找倪晨解答。不光是他成绩好，更多的是因为他的沉默、专注、执着、独来独往，这是苏琳喜欢的性格。花痴是女生的本性，尽管苏琳自己死不承认这一点。

然而高考还是把苏琳撇下了。而倪晨，终于如愿以偿地考上了理想中的大学。

倪晨去上大学那天，苏琳没有送他，她默默地踏进了复读班，用小刀在桌子上面刻了几个字：倪晨，等我。

3. 半路杀出个程咬金

　　苏琳是一心一意想投入到学习中,但没想到复读班也会有浑蛋级别的人物,而方浩又是浑蛋中的最高级。方浩是个十足的小混混,去教室就像是去酒吧,来了纯属是个祸害,打架是家常便饭。但老师对他从来都是睁一只眼闭一只眼,也没人敢惹他,据说派出所是他家开的。

　　开学不到一星期,苏琳就收到方浩的"情书":第一眼见到你我就惊呆了,世界上还有这么清纯可人的女孩啊,你的白衣黑裙、清澈的眼神、清瘦的身材像胶片一样定格在我的脑海。还没看完苏琳就差点把五脏六腑都吐了出来,她长这么大还没见过如此恶心的文字。

　　苏琳知道自己引火上身了。她时刻提防着,生怕一不小心玩火自焚。

　　有天"灭绝"在课上毫不留情面地把现在的学生(尤其是女学生)给痛骂了一顿:"那些妆化得像狐狸精的女生是来接客的还是来上课的啊?穿那么短的裙子来学校是想展示你们的腿够白或是够性感吗?看看你们这一代的女学生都成什么样了?!祖宗们,你们都是复读生了啊!我就没见过一个正经的女学生!"

　　"灭绝"心情一不好就拿学生当出气筒,加上他又是个老古董老顽固,嘴又不饶人,因此只要他一开骂,班里的气氛顿时凝固。

　　大家都是复读生,本来自尊就强,这样被他一骂,下课时有几位女孩子趴在桌上就哭,苏琳哭得最厉害,因为那天她是穿短裙去的。

　　没想到从第二天起"灭绝"就没来上过课,听说晚上回家的时候被几个青年打成骨折了,听说领头的就是他的学生方浩,还听说方浩打他的原因是他把苏琳骂哭了。顿时谣言四起,从班里扩散到学校。

　　方浩对这些流言蜚语倒无所谓,他已经习惯了,还是厚着脸皮地想方设法骚扰苏琳。但这对苏琳的打击很大，一直都是乖乖女的她根本承受不住这样的诋毁和诬蔑。

苏琳第一次主动打了电话给倪晨，还没开口说话就哭了起来。

她把这些日子以来方浩不断骚扰她的事都向倪晨坦白了。倪晨听了气得都直跺脚，马上跳起来吼着要去打那个畜生。这是苏琳没有料到的，因为倪晨一直是个好脾气的男生。苏琳不想惹事，毕竟不能让一个浑蛋误了倪晨也误了自己的前途，算了，以后尽量少和倪晨说。

但有时候一些人不要脸起来真的是无可救药，方浩就死缠上了苏琳。苏琳没有办法，只有越来越冷漠。

快高考那段时间方浩竟在班里大声宣称："苏琳，你早晚都是我的。"

打小就没见过什么世面的苏琳哪经得住这般恐吓，她握着打给倪晨的电话哭得稀里哗啦。倪晨问苏琳要了方浩的电话，他说以后方浩要是敢那么做他就敢回来杀了他。

人，在最脆弱时需要的不过是一些关心。而倪晨给的不只是关心，是整颗心。自从知道苏琳被恶棍缠身后，倪晨几乎是一天一个电话，苏琳对他简直有一种托付终身的感觉。

寒假聚会，倪晨从大学回来了。苏琳铁了心地说如果倪晨不向她表白她就主动出击了。可结果倪晨什么都没说，她也没有。

这就是上面那两段日志的前缘。

4. 突然好想你

高考后，苏琳拿着录取通知书去找倪晨，远远望见他，尽管隔着人山人海，苏琳还是一眼就认出。她朝他微笑，满心欢喜地向他招手，但他好像没有看见一样漠然地转身离去。苏琳哭喊着追他。她跑得越快他消失得越快,已经无能为力时,她就那样站着看着他一点一点地消失,绝望也一点一点地侵蚀。

突然间倪晨停下来,回头看她,她的心惊了一下,原来刚才他是在逗她玩,随后带着泪痕扑哧一笑。苏琳慢慢地走向他。这时街上响起了五月天的《突然好想你》,那是倪晨和苏琳都喜欢的歌。不知怎么地,这一次听它苏琳的心却那么痛。

　　突然好想你

　　你会在哪里

　　过得快乐或委屈

　　突然好想你

　　突然锋利的回忆

　　突然模糊的眼睛

　　我们像一首最美丽的歌曲

　　变成两部悲伤的电影

　　为什么你带我走过最难忘的旅行

　　然后留下最痛的纪念品

不经然的一瞬,倪晨仿佛受惊般掉转目光,头也不回地大步向前,最终消失不见。苏琳的心仿佛一下子被掏空了。

岁月留下的只是悲伤,眼泪也终于忍不住地流满了脸庞。记忆,不过是悲伤的哭泣。"为什么你带我走过最难忘的旅行然后留下最痛的纪念品",苏琳不知道他们之间发生了什么事,为什么一看见她他就会消失为什么怎么都不能再接近他。为什么,这是为什么,苏琳蹲在地上放声大哭。

"突然好想你,你会在哪里……"歌声又想起,苏琳睁眼一看,原来是手机响了。幸好是一场梦。

"喂……"来电的是小 C,苏琳的好友。

"苏琳,方浩在医院,据说九死一生。还有,倪晨他……他死了。"

头痛欲裂,恍惚,全身的无力感。苏琳突然捂住眼睛,止不住地流泪,撕扯着头发。

倪晨他还是出事了。

苏琳狠狠地扇了自己一耳光,为什么不声不响地就任性地离开为什么总是做一些让别人担心自己却没有考虑后果的事为什么没有想到自己当时的歇斯底里会让倪晨胡思乱想。

泪水,如潮水卷袭。很累,很想睡。她把疲惫的身躯重重地丢在床上。一边流泪一边回忆。

5. 不过是一场梦

第二次高考结束时,苏琳既害怕又感到一丝轻松。害怕的是考不进倪晨的学校,轻松的是终于摆脱了方浩那个浑蛋的纠缠。

结果出来了,很烂,什么希望都没了,苏琳差点崩溃。那天她哭着和倪晨说自己完了,什么都结束了,一直哭。倪晨不知道她发生什么事了,只能一遍一遍地安慰她:会有人一辈子照顾你的。她什么都不听,拿着电话一直哭一直哭,哭得很厉害。

他在那边也已泣不成声。问她发生什么了她就是哭撕心裂肺地哭。倪晨在那边都急得都快疯了,他一边哭一边用手狠狠地捶打着墙。还没等他反应过来,手机传来"嘀嘀"的忙音。他发疯地回电话给她,却不断地得到关机的消息。

当看到苏琳 QQ 上的签名"若我离去,后会无期"后,倪晨顿时像被当头一棒。他阴沉着脸匆匆地回到宿舍收拾了东西,不顾室友一遍遍地询问就直奔车站。在火车上试着给她打电话但还是关机。突然他想起以前苏琳跟他说的"方浩威胁我说我早晚都是他的",越想越不能平静。这个畜生,倪晨已是满腔怒火,他下了火车就拨开了方浩的电话。

从知道成绩那天起苏琳就一直待在网吧,第三天,当苏琳从座位上站起来时感觉整个世界都黑了。此时心已有所平静,她想好了,既然自己再也没有机会与倪晨在大学里漫步了,那么就从他的生活中消失吧。她打开手机,跳出来无数条倪晨的短信,开始还不知道怎么了,看到最后一条:苏琳,你别怕,我去找那个畜生为你报仇,我绝不会让你白白受辱的!苏琳双手发抖。

她赶忙去找倪晨。

也许是长时间地耗在网上,本来就贫血的苏琳一下子晕倒在网吧门口。

只不过一个梦的时间他就不见了。

谎言的另一面是包容

多少年前我们一起牵手走过的年华,当时以为那是爱的岁月,如今一笑解千结。但曾经是假象的少年深情,依然在回忆里闪烁。因为明知是谎,也固执地相信这假象。

1.狂乱的青春

从小我就是个惹事包,遇上倪晨之后更是无法无天,诱骗他一起逃课被老班抓住了还让他背黑锅,上课一起看鬼片下课被老师叫进办公室。对学习的叛逆,对家长和老师的反感,对前途的迷茫,对青春与长大的困惑,像网一样捆着我那颗躁动的心。迷失自我,一意孤行,脾气倔得八头牛都拉不回,强烈的感情无处宣泄,我的青春就这样压抑着、疯狂着、反抗着。

倪晨是我的同桌。也许是近朱者赤近墨者黑的缘故,活生生的一个好苗子,被我的胡搅蛮缠弄得人不像人鬼不像鬼。他第一名的成绩像乘电梯一样平稳地下滑。但青春总是一种蛊惑,那些如狂草一样疯长的压抑肆无忌惮地在记忆里膨胀,我们还是无所畏惧地张扬。

2.成长的代价

可我很清楚,他可以陪我疯一年甚至两年,关键时刻他还是很冷静的。高三时我一如既往地放纵和叛逆。当然,折磨他还是一种惯例。而他,突然间正襟危坐成了学习狂,恶补被我拉下水的成绩。

他拿到理想大学的录取通知书时我并没有真心为他高兴,反而一副要死不能活的样子。我只知道没有人陪我疯了。

年少轻狂,注定伤痕累累。个性张扬、鄙视学习,注定复读。可以确定,踏进复读班的那一刻我是低着头的,低得很深很深。

周围的孩子都是一副破釜沉舟视死如归的表情，而我，吊儿郎当，始终静不下心埋头苦读。

不是担心再次落榜，而是担心他，担心周围的谣传：上了大学的人基本上都会忘记高中的恋人。可悲的是我们连恋人都称不上。拿起书本眼前就疯狂地闪现他在大学里的快乐时光，身边还依偎着一个淑女，这种臆想像魔鬼一样缠绕在周围。

终于还是忍不住先下手为强：我厚着脸皮和他表白了。

但这样并没有拯救我的敏感症，无论怎样，每次看到他的空间更新还是会拐弯抹角地想到：他有新欢了！不断地怀疑他不断地打电话逼问他。同桌说：倪晨早晚有一天会被你折磨死。

3. 除夕里潜藏的谎言

他放寒假时，下了火车就直奔我的学校。看见我疑神疑鬼的表情他给我吃了一颗定心丸：全世界的人都背叛你，我都不会。我会在××大学里等着你来报道。

我咬着嘴唇说出了这辈子都没说过的矫情话：就算全世界不相信你，我也会相信。为了这句话我还特地多吃了一个馒头。

但瞬间我的脸就黑下来：他的大学，我的成绩，两者死都没交集。复读的第一学期，又在混混沌沌的猜疑中飘过。

坚持不下去啊，以前养成的坏毛病让我一看到题目就心烦意乱。最头疼还是在做题的空隙中莫名地走神莫名地想哭，一看到它就想吐，突然觉得自己这辈子注定是没出息了。

逼自己一次吧。就一次。

他说，咬紧牙，过去了，一切都好。

寒假我在学校旁边租了间房。不疯魔不成佛,誓死和学习死磕下去了。新年之际,妈妈几乎要强制地拉我回家。但我的固执与任性谁也阻挡不了。

除夕,家家灯火通明,我第一次感到凄凉是什么滋味。就在我纠结着要不要打包回家时倪晨出现在我面前,还有他的表妹苏琳。他说这丫头是死缠烂打要和他一起来陪我过年。

除夕之夜,烟火都熄灭之后,我们在大街上一直流浪到天亮。

但除夕之后,我就安心学习了。没有什么再让我分心的了,除了学习。脑海中只有学习只有梦想,一直追梦,心无旁骛。不知道是因为他的那句"我在大学等你"还是因为内心莫名的后悔与自责。一个除夕,放下了一切,看到了美好也看到了自己以前担心的幼稚和傻气。从此以后我安分守己,收敛了许多。突然间觉得自己长大了成熟了,学会了波澜不惊、学会了坚定信念。

第二学期,我所有的棱角都被磨平,所有的冲动都被平息。做自己的梦,走自己的路,踏踏实实。当然,倪晨还是频繁地打电话来鼓励我,挂电话时总少不了那句"我在大学里等着你"。偶尔,他的表妹苏琳也发来一些温暖的短信。

4.他揭穿了自己的谎言

高考后,我偷偷地报了别的学校。尽管我的分数已经足够被他那所学校录取。

分数下来不久,他一脸内疚地跟我道出了实情:苏琳不是他的表妹。是他在大学的女朋友。我平静地接受,没有怨恨没有歇斯底里。一反常态地给了他们一个祝福的微笑。说实话,这是发自内心的笑。

苏琳不断地求我原谅,她说不是故意骗我的,只想让我安心学习。我抱着苏琳说你们一定要好好地在一起,我们三个要做一辈子的好朋友。

我想我离开之后,一脸惊愕的苏琳站在那儿足有半小时缓不过神来。

我感谢他们给了我一个善良的谎言。他们让我懂得了成长与善良,也让我知道了自己真正想要的是自由和梦想。

唯一悔恨与自责的是:我一直把倪晨当成自己的私有财产。

5. 那个除夕的谎言,足以温暖一生

那个除夕之夜,是我一直隐藏在心里的秘密。

因为在那个寒冷的冬夜,我们沿着街道一直走一直走,倪晨把外套披在我身上,一旁的苏琳冻得发抖,她看着倪晨打趣到:"女朋友果然比亲人重要啊。"就是这一瞬间,我瞥到倪晨的眼神,透露着心疼与无奈。

当他们借口去买东西时,我偷偷地跟着。倪晨内疚地说:"苏琳,演完这场戏我就不会再让你受这种委屈了。"躲在黑暗里的我顿时僵住了。

如果苏琳是那种任性与自私的女孩,我想当时我定会冲上去闹个天翻地覆。她用一种温柔体谅的语气安慰倪晨:这些我都懂,吃醋是有一点的啦,但我会把她像妹妹一样对待。我倒没事,关键是你,不要在她面前表现得对我太关心。现在一定不能让她知道,她会分心的。

她冲倪晨微微一笑,我发誓那绝对是我见过的最美的最真的笑容。

青春的告别礼

6. 总有一些事教会你成长

　　她的宽容与大度,突然间让我看清自己一直以来的任性与霸道。她完全可以理直气壮地指着我的鼻子说:"我是他现在的女朋友,你凭什么?"那时,我对他的依赖对他的死缠烂打都达到无耻的地步,她却用微笑和耐心安抚了我这个毛躁的小孩子。

　　我还是安静地陪他们演着这场戏。我以为我会爆发,但当我看着他们用尽办法来隐瞒我让我安心地学习时,我的心一下子软了,只有感动。一学期的时间,他们完全可以直接和我说清道明的,却一而再再而三地忍受我的坏脾气和无理取闹。

　　我感谢他们的欺骗。感谢那个充满陷阱的除夕,感谢他们小心地维护我的自尊。再一次细细咀嚼那些韶华那些疯狂捉弄倪晨的日子,忍不住抽打自己。我总是把他折磨得心力交瘁,一个大男生,用拳头狠狠地捶打着墙壁,双手是血。而我,从不懂得心疼他。我的自私、任性与固执,带给了他太多的痛苦和黑暗的记忆。而他给的,全是包容。

　　苏琳,这么好的一个女孩。我总觉得她是上天派来弥补我犯的错误。碰见她,我才知道我不过是一个幼稚冲动的小女生,什么都不懂。我对他,不是爱,是盲目的依赖。

　　除夕的谎言,是我一辈子的财富。而我,从此,学会了成长。